The Sunshine of Bergen

卑尔根的阳光

唐墨 ◎著

上海三联书店

自　序

在遥远清澈的地球北端,有一座恬静优雅的小城卑尔根。在那里,生活着一群源自万里之外的中国游子。游子们沉静地融入北欧的静谧与简洁,无时不思念故土和亲人。

时光飞快,转眼离开卑尔根回国多年了,时常会不由自主牵挂起北极圈附近那座小小的明珠之城,很是惦念那群质朴纯真的中国游子们,那一丛丛随风飞舞的旷野小菊花,那丝丝缕缕沁人心脾的月桂香。

出于怀念,一气呵成写就了《欧罗巴的清香》。然而,思念似乎仍不绝于心,在灵魂深处呼之欲出。伴着那份扑朔冲动,再一次提笔虚构了这本《卑尔根的阳光》,为北欧那片灵秀润泽的土地和那群月桂香游曳的学子们。

在简单朴素的北欧访学,那是非同一般的人生体验,需要寻常人少有的坚韧、淡定与乐观。那片安静的土地远离了高楼大厦灯红酒绿,也没有了奢侈与物欲,没有了熟悉和热闹。

在完全看不到中文、连亚洲餐厅也罕见的卑尔根,当你欣喜万分地向偶遇的黄皮肤人们打招呼时,她却可能羞涩一笑告诉你,她是日本或越南人。东方元素在这座布吕根小城里无迹可寻,文化偏见和误解却偶尔可感。更让人艰于忍受的是,这座几近灰色的小城全年275天飘着无边无际的细雨!想冲出房间眺望窗外,永恒横亘于眼前的也是穿越不了的深褐凋零与暴风雪随时突袭的严寒。

在清新深情的小说《卑尔根的阳光》中,笔者借女主人公静姝的体验,细致描绘北欧游子们的真实生活,展示文化间的差异和隔膜:静姝的戏剧教育课上,只要贫穷和灾荒的镜头摇晃而出,别国同学就会毫无恶意想当然,那是发生在中国或其他东亚地区的事情;跟随外国同学前往布达佩斯进行戏剧交流,老师、同学们都会围着她关怀备至,担心她不会过边检和海关;同屋室友西班牙女孩路易莲更是居高临下,以一种无敌舰队的汹汹气势来对待看似柔弱的中国女子。此后,也因她的嚣张凌厉,发生了一连串惊心动魄的故事。

《卑尔根的阳光》演绎的,是一段极不寻常的异国爱情故事。笔者试图以这段浪漫的爱情,承载曾经不断碰撞却也日渐融合的多元文化,展示北欧那一群散发月桂芳香的学子们的真实状态。小说女主人公静姝温柔、沉静而充满力量。她淡定乐观适应着北欧的种种不同,不卑不亢面对着具有杀伤力的路易莲等人,努力以一颗温暖善良之心去包容和理解。男主人公约翰则是儒雅、深情、科学和智慧的化身。他们的爱情以地铁站的初次偶遇萌芽绽放,而深夜廉航机场的再次欣喜相逢,则催生了爱情花蕊的怦然绽放,约翰与静姝在深夜的廉航机场鸟雀般飞向对方。

异国爱情的历程着实不易,其间情节跌宕起伏。静姝要淡然应对国内苟延残喘、充满背叛和欺骗的婚姻,也要沉着应对他国女孩诧异的眼神和误解偏见。尤其充满挑战的是,约翰的疯狂崇拜者路易莲近乎痴迷地爱着约翰,不断打击与挑战,向静姝传递着嫉妒、愤怒和仇恨的眼神。为了拆散静姝和约翰,她不惜散布谣言;在布达佩斯,她还唆使西班牙同伙去非礼静姝,自己则设计勾引上了约翰。当静姝迷惘地穿梭于上海、多伦多与波士顿时,她无意中在全球陌生人互赠礼物网站上书写了心愿单,却被远在卑尔根峡湾机器人工作室的约翰看到,他悄然寄来了静姝梦寐以求的北欧甜点和挪威山妖。然而,当约翰重新振作走出封闭的机器人工作室,再次回到同学们中间时,被嫉妒烈焰煎熬的路易莲竟然燃起一把大火,企图烧死静姝和约翰……

机器人博士和戏剧女博士的恋情中,笔者更多的是对多元文化和爱情婚姻的思考,对女性独立意识的强调。婚姻中爱情中,或许只有恬静安然充满力量的女人,才是最美好的女人,才能在人生与爱情旅行中无往而不胜。作者对多元文化兼容并蓄的表达中,最别具匠心想阐释的,是对科学和艺术独具一格的理解。一般大家都会认为,科学与艺术或许是隔膜的,科学家和艺术家是截然不同完全无法沟通的。然而笔者想说,无论是量子还是机器人科学家,他们都是艺术家,必须有大胆的想象和喷薄的灵感与激情。他们执着对科学女神的探索,其实就与艺术家对艺术女神的顶礼膜拜全然相同。

在《卑尔根的阳光》里,科学与艺术彩蝶双飞。借优美的男主人公约翰的言语,笔者表达了对艺术的观点:"科学和艺术其实并不是隔膜的。如果一个人真正了解艺术和科学,他就会发现,它们是蝴蝶的两个翅膀,缺一不可。科学需要的就是翩然起舞的大胆想象和夸张,正如艺术一般。科学研究的过程确实枯燥孤独,然而如果注入艺术的滋养,或许就充满力量和乐趣了。"小说中,为了表达科学与艺术的完美融合,作者别出心裁设计了男女主人公的身份。约翰是从事机器人研究的科学家,他却近乎热烈地爱着艺术,只有在音乐、诗歌、戏剧和爱情的滋养中,他才灵感迸发,科学翼翅飞扬,他的机器人研究无不渗透着艺术和文化的影子。静姝是艺术的代言人,她热爱文艺,却从事一份很不喜欢、看似枯燥的科学工作。因为对科学与技术的隔膜与不理解,她逃往北欧追寻艺术缪斯的足迹。然而和热爱艺术的机器人博士约翰相遇相爱后,她终于明白,艺术和科学原来互相彰显,互相依存与激发。她开始热爱起有关科学的工作了,徜徉于上海的各种创意咖啡馆和创客空间,寻找艺术和科学相融的因子。她也无比憧憬地飞往全球创新神殿硅谷,在斯坦福大学静谧的山巅上聆听着科学与艺术的缠绵絮语。最后,她在挪威的峡湾深处找到了约翰,说服他来到了上海,来到了神秘的东方,投身到科学和艺术相融的事业中去。小说第一次展现了上海科技创新的年轻人,描绘了上海科技创新园区田园牧歌般的风景线。文中的上海是一个不一样的上海,一个科学与艺术完美融合的大气澎湃的新上海。

在对静姝和约翰爱情故事的浪漫叙述中,笔者不忘描绘北欧中国学子们的群像图,塑造着这一群浸润着清新月桂香的年轻人。这本小说或许也是第一本关于北欧留学生的小说。小说中,无论是教授、教授夫人还是海伦,虽寥寥数笔却都栩栩如生。大家各有各的生活轨迹,各有各的生活智慧。他们都美好善良、质朴纯洁,也都切肤感受着异国他乡共同的孤独与酸楚。书中海伦这一香港女孩形象楚楚动人。海伦只身一人在卑尔根读硕士,为了挣得留学所需生活费,她不辞辛苦张罗在卑尔根鱼市码头的鱼摊上。因为孤独和空虚,她不敌混血女孩狂热的追求,拉开了不被人理解和认可的恋爱历程。当静妹惊讶地问她为什么时,海伦大声倾诉了所有挪威学子们的酸楚与孤独:"你明白挪威冬天的漫长和孤独吗?有时圣诞节前后,整个宿舍楼里空荡荡地就只有我!在地球北端的遥远异乡,在无边无际的寒冬里,能抱着一个火热的身体睡得昏天黑地,那就是挪威冬天里最幸福的事了!"

这种孤独与寒冷,是每一个北欧游子共同的体验。然而,他们不畏寒冷和孤独,彼此支撑互相鼓励。每当天寒地冻时,王教授家的客厅便是他们温暖的乐园。围坐在暖热的客厅里,闻着北欧罕见的从瑞典哥德堡采购而来的桂皮八角炖猪蹄的馨香,质朴的学子们仿佛回到了万里外的故园。狭窄空间里弥足珍贵的温暖滋润着远方游子一颗颗疲惫的流浪心,让这群北欧游子们在孤独中感受温暖,在寂寞里守护美好,在失败与挫折中坚韧前行,向着远方更加澄澈透亮的世界。

小说匆忙草就,有许多疏忽之处,敬请好友们、读者们批评指正。拙作出版过程中,得到了挚友们的热心帮助和鼎力支持,永远铭记。书中配有多幅欧洲风景的插图,是著名画家孙海峰先生旅欧时的作品。画作笔触细腻优美,其间蕴蓄磅礴力量与旷远意境。深深感恩。

在大西洋海岸陡峭的峡湾线上，有一座圣洁清澈的明珠之城，那就是卑尔根。雨是这座城市的灵魂，大西洋温暖的怀抱给这座世外桃源孕育了绵绵细雨。据说，小城全年275天都浸润在雨珠中。而湛蓝澄碧的苍穹和金粉般的阳光，是这座城市赐予远方游子弥足珍贵的月桂枝。

1

踩着滑溜的冰层行走,战战兢兢到了 Bybanen(轻轨)车站。抬眼仰望天空,竟是阳光米白、漫天澄澈。连续四天细雨的洗礼,天空呈现惊艳的碧蓝。昨日还雾霭游曳的褐色山林,此刻已呈玉脂般容颜。

"今天可真是个好日子!"浑身黝黑的非洲阿哥从 Aire house 宿舍楼里跑过来,喘着粗气,咧着白齿,朝静姝憨笑着。

静姝站在站台上,兴奋又忐忑地等着远方山洞里驰来的轻轨。她身旁,立着一位身着绣花披肩、散发茉莉清香的卑尔根老太。老太旁,一位皮肤偏黑的混血女孩正出神地望着她,情不自禁地赞美说:"你的皮肤真好,像丝绸一样!"静姝羞涩地笑了,蠕动着嘴唇,想说什么,没有发出声音来。

时间分分秒秒在阳光里滑落。半小时了,轻轨还没来。静姝有点惶惑,朝黑色山洞的方向张望着,身边的人们也伸长脖子张望着。人越来越多了,后来,披肩老人和另一个老人指着头顶上的显示屏,用挪威语聊了起来,好像出什么事了。

"轻轨坏了,今天停开!"一丝马鞭草的清香在空气中游走着,一位瘦高男生朝混血女孩走了过来,用英文向不懂挪威语的留学生翻译着屏幕上的内容。

不同肤色的女孩们不约而同惊叫起来。但她们仍不太相信,继续伸长脖子朝未知的远方张望着。静姝也不知所措,继续呆呆地站在砂砾上等候。

该找个地方买床单和被褥了。已是第四天了,她每晚开着暖气,在时差中和衣而睡。没想到号称全球物价最高的挪威,竟像世外桃源一般古朴恬静。她没有地图,全然迷失了东西南北;她也没有了手机上网卡,短信、微信似乎成了遥远的记忆,一切俗世的负累都从心里轻松卸去。

"你好,你需要帮助吗?"没想到,混血女孩和那位瘦高男生看出了她身处异国的惶惑,主动过来和她打招呼了。

"你想去哪儿?"见静姝蠕动着嘴唇,瘦高男生热切地看着她,又问了一次。

"我，我想找个超市，可以买被子的超市。"她不好意思地望着眼前有着海洋眼睛的男生说，特别强调了一下要买的物品。这些天她发现，卑尔根的超市都像全家、好德一般迷你，只是卖一些食品点心，不像国内大卖场那般包罗万象。

"买被子？ Safari 超市有！"瘦高男生想了想说，眼睛一眨不眨地凝视着静姝。

"你知道超市在哪吗？ 能找到吗？"男生看出了静姝的迷惑，马上追问了一句。

"Safari？ 在哪儿啊？"静姝不好意思地望着他们。

男生低下头，和混血女孩商量了几句。不一会，他抬起头对静姝说："我们陪你，好吗？"

"你们？ 不会耽误你们的时间吗？"她将信将疑，迅速打量了一下男孩和女孩的脸庞、形象。

"没问题，离上班还有一段时间，我们来得及！"男生说着，和混血女孩、静姝一起朝山下的公交站走去。

不要和陌生人说话，濡染了中国传统教育的静姝还是将信将疑。她想推开胳膊弯里混血女孩那只温热而陌生的手臂，却又不好意思，于是一步一蹦随着他们往山坡下走去。

穿越山下的枞树林，果然有一条蜿蜒向前的马路。不一会，朴素的公交车便停靠在简陋的站台上。等轻轨的人们在阳光里欢快地跃上车,三三两两寒暄着。

静姝也随他们上了车,紧握着身旁的扶手。汽车一颠一簸,羊脂玉般的阳光星星点点洒在男生的脸庞上,男生不时调整着站姿,向静姝儒雅地介绍着自己。原来,他是机器人专业的博士后,在瑞典 ABB 工作过,现在正与卑尔根大学共建机器人实验室。

"你是日本人吗?"男生终于问及了静姝的国家,眼里似乎有些惊喜,一股淡淡的树林清香微微浮动。

"我是中国人。"静姝灿烂地说,不像在欧洲有些中国留学生一般躲躲闪闪。

"哦,是中国人。"他似乎有一点失望,然而马上又对遥远的中国充满了好奇。

"中国,也是一个遥远神秘的国家!我向往万里之外的东方,喜欢古老的唐装和少林功夫!"他很是憧憬地笑了,接着又说,他喜欢春卷和饺子,还喜欢故宫、长城、上海。如果以后去了长城和故宫,他一定要盘坐在地上写生,画个三天三夜!说着,他做了个少林和尚打坐的姿势,惹得静姝和混血女孩哈哈大笑。

男生源自心灵深处的儒雅和清新让静姝有了言说的冲动。在遥远的地球北端,她已经好多天没和人聊过天了,更别说畅快地开国语了。她似乎有点忘却怎样表达，怎样言说自己和外物。这一刻，她很想自由畅快地诉说，也很想叽里咕噜地告诉他们，自己也曾接触过机器人企业，接触过科学和企业，但她不喜欢生硬的科学和技术。她喜欢轻舞飞扬的艺术，喜欢一切有着蜻蜓翅膀般透明轻盈的自由和美好。

然而，她欲言又止，什么都没说，还是心存了一丝戒备。

市中心到了！静姝喜出望外地发现，出发前在谷歌地图上查过无数遍的童话小屋，梦幻般出现了！

眼前赤橙黄绿积木般矗立的，就是传说中汉萨同盟时代建成、富有历史传奇色彩的卜吕根小木屋。在彩色童话小屋的左侧，伫立着两座神圣的教堂，一座暗红色的哥特式建筑，宣告着威严与神圣；另一座是绿顶罗马式教堂，浑圆的穹顶充满了母性关怀和温柔呵护。

混血女孩抚摸着静姝的手告诉她，超市就在小屋后面。她的眼有点痴迷地望着静姝的面庞。

静姝点点头，不好意思看她的眼睛。她望着约翰说："你们快回去上班吧，要迟到了。"然而，两人似乎还不放心，执意要沿着湖畔小径陪她前行。

静姝也没有执意婉谢，一瞬间觉得整个身子暖暖的。在去往超市纤尘不染的湖畔小径上，望着如诗如幻的丝绒湖面，心里涌起了醇厚的对天与地的挚爱,对地球北端陌生人的感恩之情。

"超市到了,你可以吗? 还有什么问题吗?"海鸥欢鸣声中,混血女生和蓝眼睛男生的声音再次浮现在耳边。

"没问题,肯定没问题了!"静姝摇着头,反复致谢着。

男生和女生和静姝相视而笑,说:"那好吧! 我们先走了!快乐每一天!"说完,矫健的身影消失在几近透明的阳光里。

静静地注视着两个欢喜雀跃的背影,静姝心里忽然有种抽丝剥茧的不舍。异国他乡的奇妙偶遇,给了她最初最珍贵的温暖。

正当她还在超市门口呆呆地遐想时,没想到散发着马鞭草清香的男生又回来了。他写了一张湖绿色的便签,塞进了静姝柔软的手心里。

"这是邮箱和宿舍,我叫约翰,她叫凯特,我们都住在 Aire house。"

静姝不断地点着头,手指紧紧地攥着挺括而有余温的纸条。不一会,男孩的身影真的消失了。

进了超市,选了了自己所需的被子、枕头和上网卡等。回到宿舍后,她兴匆匆地链接上了网络,安装了 Skype,想给远方的闺蜜们发去来自卑尔根的问候。没想到一登录,从来不请安、不报平安的吴言竟像狗熊似地出现在屏幕前。

"灯红酒绿、纸醉金迷了吧？"一向以"好"、"就那样"、"看看吧"词汇应付静姝的吴言，忽然不吝笔墨了。

"朴实无华的城市，能有什么灯红酒绿？"静姝淡淡地说。面对吴言，原本热情活泼的她习惯了他的冰冷和淡漠，也学会了在一望无际的时光里沉默。

"哦？挪威不是号称世界上最幸福最奢侈的国家吗？"吴言似乎一点都不相信。

"奢侈就是幸福吗？""静姝反问道。说着，她拿出一小袋从上海带来的铁观音，小心节约地泡了三分之一包。

吴言有点尴尬，沉默了一会。

静姝还是有点不忍，就没话找话，告诉了他偶遇机器人博士后和混血女孩的事。

"那肯定是骗子，国内这种骗子太多了！银行卡擦身而过，只要装一个软件，都能被黑客软件盗取所有信息。"吴言瞪着眼睛冷冷地怀疑。

静姝哑然了，不知该说什么好。

"对了，你的房间条件一定很好吧？"他又问。

"关心起我的生活了？"静姝说。

吴言嘿嘿笑着。

"是对挪威好奇了吧?"静姝问。

"在视频里里里外外看一下,怎样?"吴言饶有兴趣。

"你会失望的,看吧。"说完,她捧着电脑,从卧室到厨房和卫生间,让摄像头定格在木架衣橱、简易饭桌和国内带去的电饭煲前。

"挪威的生活水平就这样? 还不如上海的群租屋和胶囊床铺啊?"吴言似笑非笑议论着。

静姝没回答,自顾自去了客厅,从冰箱里取出了黑色鱼子酱,涂抹在粗面包上。

"对了,你的室友呢? 是金发碧眼的外国美女吧?"终于,他问出了饶有兴趣的焦点问题。

"等美女来了,让你看个够吧。"静姝淡淡地说。

"可别分个小黑妹给你啊!"视频里的吴言笑得头像都变了形,两个黑眼圈晃成两只黑色的大圆圈了。

他舞动着黑眼圈,话罕见地多了起来。他说北欧人是吃鱼的,身上味道几乎都闻不到;非洲黑人和西班牙人是吃红肉的,浓烈的体味熏死人……

2

说曹操，曹操到。

第二天刚从鸟儿婉转的草地上跑步归来，便发现宿舍门已开了一条缝。一股狐臭般熏人的气味从门缝里漏出来，和走廊原本散发的原木清香形成强烈反差。

猝不防闻到这种怪异的气味，静姝有点难受。她停下了脚步，粗粗地喘了几口气。定定神之后，才艰难地适应了一些。

"你好！我是新来的，叫路易莲，你呢？"正探头寻找气味的源头，一个二十来岁、披着黝黑长卷发的女子站在面前。她气场十足，眨巴着黑眼睛，眼眶里全是黝黑的绒毛。

"欢迎欢迎！我叫静姝,从中国来的!"静姝绽放了笑容,友好地拥抱着这个女孩。拥抱间,对方热乎乎的身体上似乎又渗出了独特的气味。

"来来来,你和我的男朋友说点什么吧!"还没定神,带着浓重南欧口音的路易莲把静姝拉进了自己房间里,麻利地打开了 Skype。她指着屏幕上的一张照片说:"这是我的男朋友,他是巴塞罗那一个足球俱乐部老板的儿子。"

静姝饶有兴趣地听着,赞美着。

"他的家族很有钱,我们认识快一年了,已经订婚了。"路易莲性情很是直率热烈。

这时,镜头里出现了一张脸,那是斗牛士常有的棱角分明的脸。那,就是路易莲的男朋友……菲利普。

第一次见到神秘的东方女人,菲利普兴奋得手舞足蹈,他在电脑那头大声地喊着"Hello"。接着,便"叽里咕噜"说个不停。他挥着手臂一半西班牙语一半英语地言说,好像也是在告诉静姝,路易莲是他的未婚妻,他们明年就要结婚了!

然而,菲利普的口音实在太浓郁,他嘴里吞吞吐吐挤出来的英文,静姝只能艰涩理解。而对他脱口而出的西班牙语,只好憨厚而礼貌地傻笑着。

斗牛士沟壑分明的脸庞在镜头前摇晃了十分钟。终于,他说完了。静姝如释重负，长吁一口气回到了自己房间。闺蜜叮嘱自己带来的电饭锅放在桌上，她撕开刚从超市里买回的泰国香米，准备煮一点米饭给自己的胃以熟悉的温暖。

没想到，路易莲又追着她进了卧室。她犀利的眼眸来回扫视着眼前十平米的狭小空间，扫射着四堵白墙和每个角落。

"哦，太棒了！你的墙上怎么会有镜子？我怎么没有？"她有点惊讶地跳起来。

"是吗？你没有吗？"静姝也很是奇怪。

路易莲点点头，说她确实没有。

静姝搅拌着细长的米粒，随口说："其实，我不喜欢卧室里有镜子，尤其照着我的床的镜子。"

"为什么？"路易莲睁大着毛绒绒的双眼。

"也许是因为迷信，中国的传统说法。小时候，我奶奶就告诉我，镜子照多了，人就会走魂魄，尤其是床上的镜子。"

见路易莲没太明白，她笑笑说："你记得吗？在西方的童话故事里，镜子都是神奇的，有魔力的。我们中国人也这么认为。"

"你的意思是你不喜欢这面镜子？那你可以给我吗？"路易莲兴奋地问。

静姝没想到路易莲这么直率。她来不及思考有镜子没镜子的利弊,便点点头答应了她。

路易莲欢快地打了个响指,大声尖叫着。当即,她就用西班牙语打了个电话,吩咐别人什么事情。打完后,她告诉静姝,一个西班牙的男孩子马上过来,帮她把镜子拆走!

路易莲掩耳不及迅雷的主动让静姝惊呆了。看来世界林子那么大,真是什么鸟都有。她笑了笑,望着路易莲的后背。她正像一位威风凛凛的公主,指挥着西班牙小男生把镜子从墙上拆下来。

大约折腾了半小时,镜子才终于撬下来,房间里灰尘漫天。两人一前一后,抬着明晃晃的镜子出去了。

静姝想起了什么。她快速地打开了箱子,找出一捆苏绣丝巾和京剧脸谱竹筷来到路易莲房间。这是出发前,她从熙熙攘攘的豫园小店淘回的。

"这是中国的礼物,这个是京剧脸谱,这个是筷子,你们各选一套吧。"静姝说着,配合着各种手势来解释这两样小礼物。俩人终于似懂非懂了。

"给我们的? 真的吗? 太好了!"路易莲高兴得像个孩子,连声说着谢谢,西班牙男孩也是。他们细致地翻开京剧脸谱,选了一个黑脸和红脸。

"这是什么意思? 这些造型各异的脸谱各有什么不同?"

她很是好奇。

静姝想了想说:"这是中国传统戏曲的表现手法。在舞台上活跃着不同性格的人,为了区分人物的性格特点和观众的好恶,在化妆时就分别给他们抹上不同的油彩。"

"那分别代表什么呢?"路易莲还是很有兴趣。

"比如,红脸代表忠诚耿直,黑脸代表豪爽粗暴,紫色表示老实忠厚,黄色表示凶狠勇猛……"戏剧专业的静姝一口气说出了种种不同。

"哇,太神奇了! 以后如果有机会,我想去中国看戏,看各种颜色的主角打打闹闹!"路易莲和西班牙男孩捧着二十元人民币的丝巾和筷子,如获至宝地欣赏着每一个细节,圆睁眼睛赞美着。接着,路易莲奔回了自己的房间,翻了半天,又过来了。

"这个给你。"她手里拿着一个奇特造型的铁家伙。

"这是什么?"静姝问。

"这是螺丝刀。西班牙人喜欢吃罐头,这是我们常用的开罐头的螺丝刀。"

静姝笑了,她说:"我不吃罐头,不用这玩意。要不,送给这位西班牙男孩?"说着,她把螺丝刀塞进了憨笑着的男孩手里。

没想到,路易莲一把从男孩手里把螺丝刀抓回来,硬是要塞进静姝的手心里。静姝只好收下了。

这时,路易莲又想起了什么:"你有中国的钱币吗?你给我一元,我给你一欧!"

静姝乐了,从钱包里拿出两个澄亮的一元钢镚,给了路易莲。

路易莲递过一欧,静姝推开了。

她也不坚持,马上又收回到自己的口袋。

初次见面,路易莲便像牛皮糖一样黏上了静姝。她想到什么,就直接向静姝提要求。中华文明中成长的静姝,总是乐呵呵地一概答应。听说静姝要去移民局办落地手续,她就扭着身体,嚷嚷着说要和静姝一起去,于是二人一同前往。

好不容易到了移民局,排在阿拉伯人、非洲人和土耳其人身后等候了二十多分钟。静姝终于办好了居留手续,护照上黏贴了挪威移民局的墨绿花纸片。这时,肃静的大厅里又传来路易莲的尖叫。

原来,粗心的路易莲空手而返,她忘了带租房合同和邀请函!

从移民局往回走,路易莲情绪有点低落。本想沿湖找家店铺买几件衣服,稀释一下情绪,却发现市中心没什么可逛的地方。

返回的一路上,她踢着弹格路上洁净的小石子,不停抱怨着阜尔根怎么是这么一个鸟不拉屎的乡村,天天阴雨绵绵!这里居然还号称什么挪威第二大城市,连个像样的酒吧和商场都没有!

静姝偷偷地笑了。习惯南欧欢歌劲舞的路易莲刚来就抱怨这里的质朴生活了,而这些恬静简洁对静姝来说,是多么美好与珍贵。奔跑在挪威宁馨的草地上,宛若回到了童年时代,回到了奶奶家野菊盛开的原野里。在这颗珍珠般的小城里,她忘了创客空间,忘了此起彼伏的工作电话和微信朋友圈,忘了亲戚时常欲言又止问及的为啥不生孩子的烦心事。

为了安慰落寞的路易莲,静姝提议晚上两人搭伙吃饭。好多天没机会施展厨艺的她从超市买回了小葱、鸡蛋和肉片,用偷偷入境的老干妈豆豉为佐料,炒出了香喷喷的辣椒小炒肉和香葱炒鸡蛋。

美味还没出锅,路易莲便忍不住叉了一块,塞进馋意欲滴的红唇里。这一吃,就·发不可收拾爱上了中国美食。

那一晚,她也"咕嘟咕嘟"搅了几个鸡蛋,调了牛奶和土豆、洋葱,煎了个唯一会做的西班牙烙饼。

静姝也爱不释手地吃着,连连赞美她的厨艺。路易莲一兴奋,拿出了家乡的烈酒和伊比利亚火腿,和静姝聊起了弗朗明戈舞和西班牙斗牛士。她说,她的家乡就是弗朗明戈舞的发源地塞维利亚,那是一座散发着性感和勇敢的城市,街头巷尾流传着卡门、唐璜和堂吉诃德、哥伦布的故事。如果不是西班牙经济衰落,她的母亲失业了,她被那个并不可爱的未婚夫缠着,她是不会逃来卑尔根当交换生的。

路易莲确实是一个散发着性感与热力的西班牙女子。南欧高原炽烈的阳光赋予了她热情似火的气质,她的身体里燃烧着熊熊激情。她每天几乎不用吃主食也不会做饭,日日流淌在她身体里的,便是那些火焰般的烈酒,不断点燃着她蛰伏的野性。

3

戏剧教育课开学那天，南欧美女至少梳了半小时头发，编了数十条麻花小辫挂在肩上，才肯和静姝一起出门。

静姝也以讹传讹拣了件鲜艳的红羽绒套上。

这件红羽绒的到来，全因中了网络的毒。来之前查询卑尔根的风土人情，网友们都说北极圈附近的人们喜欢热烈的红，于是她便走街逛巷淘来了这件红衣裳。来了卑尔根才发现，网上的许多说法都是把偶然当必然，一窝蜂地想当然。其实卑尔根姑娘们喜欢的衣服颜色和款式，和上海、纽约没有什么差别。

麻花辫一摇一漾在肩头，两人欢喜地出了门。然而眼前的景象却让她俩傻眼了，明明看起来天已放晴，这会狂风却夹着雪花扑簌而来，给她们狠狠地来了个下马威。

路易莲又鸡同鸭讲，用短促的西班牙语混合着生硬的英文抱怨起来。静姝也随心所欲地言说，表达内心的情绪，全然不在意身边这个人是否能听懂。

花团锦簇般的雪花才把秀发染湿，大颗粒的雪豆子接着又迎面袭击了。两人努力地把帽子往上扯，想严严实实裹住面庞。然而一阵狂风刮来，她们无可奈何地又顾此失彼了。静姝从上海带来的雨伞伞骨全折了。

到校门口时，寒意彻骨，浑身已经湿透。路易莲依然狠狠地唠叨，说早知道卑尔根是这么个寒冷寂寞的鬼地方，她就去热闹的纽约、去浪漫的罗马电影学院做交换生了！

忍着让人哆嗦的寒冷，静姝细心寻找着网上开学通知里提及的"Vessle"教室。终于在地下一层，看到了这个英文标识。她俩怯怯地站在门口，望着在入口处外套一脱、书包一扔的同学们。

无数张笑脸盈盈而来，融化了远道而来的她们的胆怯。

静姝和路易莲小心翼翼学着样，轻轻把外套、围巾挂在入口处的钩子上，然后书包、钱包随地一扔，穿着薄薄的袜子踩在了冰冷的地板上。

眼前的教室平淡无奇。与其说是一间"教室",不如说是舞蹈专业的练功房。偌大的房间里没有桌子,零星地放着几张椅子,还有几扇作为道具的门框。

"静姝!路易莲!太好了!欢迎你们!"

一位六十岁左右、穿着黑毛衣和墨绿流苏喇叭裙、耳孔上晃着两只圆圈大耳环的女人出现在眼前。她的气场特别足,浑身上下洋溢着暖融的火苗,瞬间温暖了冰冷空荡的教室。

"是的,我们是静姝和路易莲!终于见到您了!"眼前的女人一定就是传说中的凯莉教授。

静姝如见故人,冲上去紧紧搂住她,伏在她的肩头闻她母亲般的乳香。签证当时被拒后,热心的凯莉教授鸿雁传书,替她想出种种申诉办法,两人早已心有灵犀了。

"你们终于来了,太好了!"凯莉教授兴奋得要跳起来,流苏下悬挂的小铃铛"叮咚"作响,修饰过粉底和猩红唇彩的脸庞焕发出鲜活的感染力。看到学生们差不多都进了教室,她"啪啪啪"连击三下掌,一个个面容陌生却有着温热眼眸的同学迅速萦绕在路易莲和静姝身边,围成了一个椭圆。

"伙计们,介绍一下,这是我们今年的两位交换生,一位从遥远的中国来,一位从火热的西班牙来!"同学顿时爆发出阵阵尖叫,几个男生还吹响了口哨,一轮轮热情的小太阳迅速围拢了路易莲和静姝。

也许因为中国太远,地球北面的人们很少见到黄种人,于是他们对神秘东方而来的静姝充满了好奇和友好。

顽皮的大眼睛女生用生硬的"你好"、"我是中国人"字样,向静姝问候。几个男生干脆席地而坐,造型出少林和尚打坐与一指禅的模样。

一位眼眸深褐的女孩十分认真地望着静姝问:"你会做那种食物吗?你们中国的那种食物太好吃了!"支吾了半天,她说不出食物的英文名称,只好用手在空中比划着。静姝笑了,告诉她,那是饺子,英文名叫"dumpling"。

"不好意思,我迟到了,亲爱的凯莉!"

正当静姝想告诉这位女生,自己是一个标准的中国厨娘时,一个瘦高的男生一阵风似地冲了进来。他一边轻拍帽子上的雪粒子,一边向凯莉老师道歉着。

这不正是那天的机器人博士吗?

静姝惊呆了!

机器人博士也认出了静姝,连声说着:"Amazing!"

他的眼角笑靥绽放,无数惊喜和疑惑如晨烟袅袅弥散。

他靠近了静姝,似乎想问许多的问题,然而课程开始了,两个人笑望着彼此,和其他同学一样席地而坐了。

"伙计们,今天我们正式开始剧场教育课程的学习了。这门课程在英国和挪威备受关注,因为这些国家都有着漫长的冬季,有着冬天里无比孤独的时光。为了舒缓寂寥时光里孩子们的心理,温暖他们幼小的心灵,这些国家都在中小学课堂里,开设了剧场教育课……"

硕大的圆圈耳环在凯莉耳垂下婀娜摇曳着,她严谨的讲述在教室里绕梁旋舞。

窗棂外灰蒙蒙的,冰冷的雨丝和如帘的雪花漫无止境飞舞着。远方的群山清浅如水墨,缕缕晨烟绕着树林缓缓漂游。森林里的银狐和松鸡一定仍在静谧中冬眠吧。

望着清冷迷蒙的窗外,听着窗内冬日里的热闹声,冷寂寒冬里的静姝心头暖融融的。

轮到自我介绍环节了,一张张白皙纯净的面庞越靠越近了,静姝几乎能听见临近的同学均匀的呼吸声了。大家一个接一个滑稽地介绍着自己,彼此诙谐地提问着,一串串过耳就忘的挪威名字随着银铃般的欢笑声从时光里掠过。

"路易莲、静姝,你们业介绍一下自己,顺便说说为什么来卑尔根做戏剧交流啊?"凯莉慈母般注视着两位异国的孩子。

"我喜欢戏剧,喜欢舞蹈,所以来卑尔根学习了。西班牙有弗朗明戈舞,我的家乡就是弗朗明戈舞的发源地,大家知道吗?"

路易莲迫不及待地把初见静姝时介绍家乡的一番话飞快地重复了一遍。不仅如此,她还热烈地扭臀耸肩跳起了弗朗明戈,惹得男生们阵阵尖叫。

"静姝你呢?"凯莉老师把目光投向了樱花般安静的静姝。

"我本来是学文艺的,却从事了一份和文艺无关的工作。我如同嫁给了一个不喜欢的男人,不时去寻找一条条逃路,逃离那些生硬的机器人、基因和大数据辞藻。"

静姝一口气把潜藏内心多年的不满表达了出来,然而她知道,她的抱怨所掀起的,还只是无奈俗世生活的一隅。

"原来你也是从事科学研究的。"机器人博士凝视着她。

也许因为那天的偶遇,他对她格外的关注,大海般蔚蓝深邃的眼眸一动不动注视着她。

"其实我觉得,或许你没有发现科学的魅力。"机器人博士温柔地笑着说:"当你真正走近了科学,就会发现,科学和艺术是蝴蝶的两个翅膀,缺一不可。艺术需要的是翩然起舞的大胆想象和夸张,科学也正如艺术,没有大胆的想象与假设,绝对产生不了改造世界的巨大魔力。"

机器人博士阐述着自己的观点,见静姝和其他同学似懂非懂,他就举了个例子说:"大家都熟悉米开朗基罗、达芬奇吧,他们都是艺术家,但实际上他们又是文理交融的科学家。大家还知道计算机的发明者图灵和苹果手机的缔造者乔布斯吧,他们不正是用艺术的方式,表达深邃的科学吗?科学家和艺术家之间,不是共融共生的吗?"

大家还是有点迷惘,约翰"哈哈"大笑了。

"或许你们现在还不明白,然而将来,当世界因为科学和艺术的融合而发生翻天覆地的变化时,你们会明白的。这是一个学科融合的共享时代,这也就是机器人博士我,选修戏剧课程的原因。"约翰很是真诚地说。

"真是棒极了!"约翰发言后,凯莉老师给了同学们春风化雨的鼓励。按照戏剧教育的工作坊模式,她让同学们自由组合,随机分成了三个工作坊,说是以后的戏剧教育课就以工作坊为单位进行了。

要分组了,静姝不由自主朝约翰的方向望去。约翰也好像与静姝心有灵犀,慢慢朝她这边挪了过来。

路易莲也飞着媚眼,小爬虫一样随着约翰挪动。

当看见约翰的阳光总如磁石一般吸附在静姝的身影上时,她撅着嘴,仿佛有点不开心。

后来,静姝和约翰、路易莲、荷歌、克朗等十个人组成了一个工作坊。路易莲自告奋勇想成为第一周的轮值组长,没想到静姝和其他组员把票投给了约翰。

为了让三个工作坊的组员们更快地熟悉彼此,凯莉设计了一些协作互动环节。她给每个小组发了一张三米长的素描纸,让组员们交头接耳凑在一起,商量着在长卷上绘出理想生活的图景。

当第三工作坊的长卷铺好在地上时,路易莲伸出手来拿约翰手里的笔。约翰却没有领悟到,转身把笔递给了静姝,让她描绘具有历史意义的第一笔。路易莲瞪了约翰一眼,想说什么,没有说出来。

静姝欣然接过粗笔,虬劲有力地画下了一个光芒四射的太阳。她灿烂一笑,说希望卑尔根从此告别雨季,日日晴好!

约翰接过了静姝手中的笔,在太阳下描绘了米色沙滩和笨拙的小人。他指着小人告诉组员们,这是在海滩为游客服务的机器人,科学让生活更美好。

荷歌、克朗等也赤脚趴在长卷上,一笔一划描摹了足球、摩天大楼、直升飞机、咖啡馆等。

大家都画完后,约翰把笔递给了路易莲。路易莲撅着嘴不肯画。约翰笑了,说:"热情地西班牙女孩一定有许多热烈奔放的理想,你画出来吧,或许会让我们的卑尔根变得更灿烂,更温暖!"

听约翰这么说,路易莲乐了。

她咧开嘴笑着,在画卷上补上了酒吧和商场,还有一个朱唇半启的摩登女郎。约翰不忘竖起大拇指,恰到好处地鼓励她。

热身活动在笑闹声中收了尾,一个半小时前源自不同国家、挪威不同地区的伙计们还尚显羞涩,这会都头挨着头围成一个浑圆的圈,交头接耳商量着,每张脸蛋都洋溢着云朵般的笑容。

路易莲这会看到大家都鼓励、关注她,顿时也激动起来了,时不时会冒出几句带着西班牙口音的俏皮话。

凯莉一直默默地坐在静姝和路易莲的身旁,她时而孩子般开怀大笑,时而关切地问静姝和路易莲是否能适应上课的方式,语言有没有问题?遇到同学用挪威语提问,她马上译成英文,生怕她俩听不懂。

静姝默默感受着这份温情,如同孩子恬静地蜷缩在母亲的怀抱里。

那天放学后,约翰约着静姝一起回宿舍。没想到,路易莲也像个小尾巴一般黏在身后。

一路上,约翰给她们讲了许多科学知识和科学趣事。比如，他的爷爷也曾像硅谷钢铁侠马斯克的爷爷一样，多次尝试着自己改造直升飞机。他还告诉静姝，乔布斯为什么把苹果手机的 Logo 设计成一个咬过的苹果？那是因为他顶礼膜拜计算机发明者图灵。图灵被迫服用治疗同性恋癖好的药物自杀了，人们发现时，床头放着一个咬过的青苹果……

听着平时艺术女很少耳闻的这些科学趣事，路易莲兴奋得满脸通红，眼里也流淌着激动的红光。

她不停地问着约翰关于芯片设计和机器人皮肤、声音模拟的问题。她还无比热辣地望着约翰，问他是否可帮她做一个机器人替身？

约翰总是眼睛一眨不眨地望着静姝，笑而不答她的问题。

回宿舍后，路易莲又跟着静姝缩进了她的宿舍。她很是粗犷地把鞋子甩得高高的，再"啪啪"落地，然后一屁股坐在静姝纤尘不染的单人床上。

"为什么约翰总是一动不动地望着你？你们以前见过吗？他喜欢你？"路易莲单刀直入地问。

"怎么可能呢？你真是浮想联翩啊！"静姝撒了个善意的谎。

"真的吗？"路易莲望着她的眼。

"真的。"静姝努力让自己眼里蓄满诚实的光晕。

路易莲盯着她看了好一会，终于相信了。她的神情柔和了许多，语言也轻松散漫了。

"为什么约翰会知道那么多有趣的事情？为什么他居然会做机器人？"

她缠着静姝一个接一个的发问。与其说她在问静姝，不如说她在表达自己的情愫。

晚饭的时间过了，天越来越黑了。她还是不肯回房去，依然呆坐在静姝的床头，睁着长满芦苇般睫毛的眼睛，痴迷地聊着约翰。

直到静姝第三次哈欠连天，直率地说自己要睡了，她该走了，路易莲才意犹未尽地抱了她一下，而后提着烈酒和火腿去酒吧了。

4

路易莲出去了，静姝却也没能马上入眠。当她把湿衣服晾在暖气片上，准备熄灯睡觉时，Skype"嘟嘟嘟"叫了起来。

"我们的科技园初具规模了，现在按创客孵化、苗圃和加速器三个区块进行。和十几个公司签了合同了，好几个是AR、VR和机器人企业。"吴言汇报工作似的，在镜头里向自己陈述了园区的进展。

"那怎样呢？告诉我干嘛呢？"静姝有点不耐烦。

五年的婚姻经验告诉她，只要哪天吴言主动打电话过来了，或者话多起来了，一定是有求于她了。

"还需要一点钱，做风投引导资金，否则其他公司不敢投入。"他果然闪闪烁烁说出了潜藏的台词,镜头里那张脸因为恳请而变了形。

"你自己和我爸去说吧,我管不了。"她淡漠地说,索性把Skype 关了。

一觉睡到第二天鸟雀叽喳时,父亲来短信了:"吴言说需要资金,我同意了。你们的事业,我全力支持。"

静姝无可奈何地叹口气,没敢与父亲多说什么。几个月前吴言从她手里要过两百万,后来问及资金的取向,说是遭遇股灾泥牛沉海了,实际上都划到了他弟弟的账户里。

"回来吧,人生要诗和远方,也要吃饭穿衣。科学和艺术完全可以统一。"父亲的观点似乎和约翰的观点那么一致。

"我还需要时间。"静姝说。

"回来生个孩子吧。没有孩子的婚姻,怎能白头?"父亲说。

她瑟缩了一下,无意识地用衣袖掩了一下手背上的针孔印记。

那是来挪威前,她和吴言瞒着父母,第二次试种试管婴儿时留下的痕迹。折腾了好几回,那两颗同时植入身体的希望的种子还是没在子宫里扎下根来。

"科技园的谋篇布局已经完成了,将来一定可以大展宏图。"父亲仍旧像青年人一样意气风发。

他用手机给静姝发了几张照片：一张是他在接待一位南非科技领域著名的红衣老太太，脸上浮现特有的淡定和自如；另一张在科技园红白蓝三色建筑前，马尾草、锦带花迎着阳光绽放的美好情景；还有一张是科技园的音乐沙龙现场，人文艺术和科学自然而然地融合在一起……

"回来吧，大家等着你。"父亲再一次恳求。

"不了，人要坚持自己的选择，要想明白才能坚定地去选择，不是吗？"她淘气地给父亲发去了无数个咧嘴笑脸。

5

复活节就要来临了。

熬过一个漫长的严冬,天地似乎渐渐从沉睡中苏醒。

窗外林子里沉寂的苔藓灵动了起来,无数娇小的花儿如疾风吹散的雨珠,星星点点缀满了潮湿的土地。后窗一只生动的小红雀忽然跃上了桦树枝头,在枝桠间吹着口哨。林间初生的田鼠、小鹿儿机灵地穿梭柳丛中,睁大圆溜的双眼觅着春天的美食。

剧场工作坊在阳光清晨里继续。

九点一到,克朗、荷歌和约翰就准点出现在教室里。浪漫浸润在灵魂深处的克朗捧来一大簇玫瑰花,插在了素色花瓶里。

待大伙儿来齐后，他便用兰花指撷取一朵，衔在微抿的嘴角上，然后款款走向咖啡色的钢琴。不一会，格里格《清晨》中的乐章便轻盈跳荡在黑白琴键上了。

约翰捧来一堆花花绿绿的报纸，倚着克朗的肩膀，吩咐大家扑在地上找"Trace"，也就是凯莉教授说的戏剧引子。

静姝惊奇地发现，约翰找来的这叠报纸中，竟有几个中国知名大报的海外版。

戏剧引子的寻找和选题讨论开始了。随着讨论的深入，不同国家、不同地区的人们理解事物的差异如渐渐扩张的锐角。

地中海阳光里长大的路易莲恨不得全组人都知道她发现了绝妙的戏剧引子。她站在椅子上，兴奋地挥舞着手中的彩报，叫嚷着要编排一个关于中国的故事。说着，她跳下椅子，用白纸糊了两撇胡子，戴了个黑色道具帽，背着手模仿中国清朝的男人踱方步了。

踱着踱着，她忽然又突发奇想，指着彩色报纸上关于饥荒和洪水的报道，说可以策划一个剧本，表现东亚的贫穷和落后，表现洪水和饥荒中的人性弱点或人间真情。说完后，她望着大家开怀地笑。

然而,约翰和同学们不吭声。荷歌说:"不对不对,这个故事肯定发生在非洲,不是亚洲!"

几个学悄悄吐着舌头,望着静姝。

没想到路易莲直盯着静姝,仍旧坚持着:"这就是亚洲,就是中国这些国家,你没看欧洲的电视吗?电视里每天播放的,不都是这些画面吗?"

大肚能容天下事。静姝只是淡定地转过身来,不看路易莲的眼,而是对同学们宽厚地笑着。

她友好地建议说:"其实我们该编排的,是有关孩子成长问题的戏剧。这样的戏剧去卑尔根的中小学巡演,才有现实意义,才能达到艺术净化灵魂的效果。"

静姝温和的提议切中肯綮,约翰、艾玛和荷歌等人马上竖起大拇指赞同。

于是大家又专注地扑到报纸堆上,追踪着戏剧引子的蛛丝马迹。

路易莲很是不开心,仰着头很是不屑地望着静姝。

静姝假装没看见,脸色纹丝不动。

路易莲感觉有点灰溜溜的,便一个人叉着腰,在角落里故作投入地练着横叉和竖叉。

为了欢迎两位国际生,凯莉和三个组长商量,决定为她们举办一场迎新晚会。

那晚，六十岁的凯莉年轻少女般旋着身子，进了色彩缤纷的教室。她的耳垂上换了一副果绿的羽毛耳环，手里捧着亲手烘焙的水果蛋糕。蛋糕上撒满了红艳艳的草莓颗粒，蓝色炼乳和咖啡色的巧克力酱勾勒了龙飞凤舞的几个单词：欢迎，爱你们！

荷歌和艾玛几个女生从超市抱回了气泡腾腾的香槟和玫瑰果酒，在惊艳的欢笑中把酒液喷洒得一丈高。

轮值组长约翰也亲自动手，往洁白的磁碟上撒满粉嫩的玫瑰花瓣，还俏皮地把多余的花瓣撒在静姝头上。

留着帅酷络腮胡子的克朗时时不忘造型，他提着燕尾服的一角，又故作深沉地用嘴衔住一朵粉红的花，款款深情地送给翘着细长妩媚双眼的荷歌。

上房揭瓦的快乐时分到来了！克朗深深地朝大家鞠了个躬，绅士风度十足地来到钢琴前，弹奏着舒伯特清澈柔情的《小夜曲》。悠缓的乐声让伙计们渐渐安静了下来。没想到正当全场悄然时，琴键上游走的旋律节奏骤变，柔情的小夜曲滑向了莫扎特和贝多芬的篇章，最后到了路易莲最爱的《卡门序曲》。

墙上投影的图片和灯光也飞速变幻了。白墙上，荷歌和艾玛几个疯子头顶高高的绿帽子,令人惊恐地伸出墨绿的舌头,恶作剧地向行人赠送三叶苜蓿。其他同学则疯狂地站在自行车、滑板车上,表演着杂技演员才敢舒展的高难度动作。约翰轻声告诉静姝,那是去年在爱尔兰恰逢圣帕特里克节日时,荷歌和艾玛这一群疯子留下的动人瞬间。

舞会热浪迭起,伙计们一个个努力笑得前俯后仰。后来,大家都冲上舞台,扭着腰肢,随着光影的摇晃做出泥鳅、犀牛、妖姬的造型。笑靥张扬,芳香萦绕,每个人都在极致的欢乐中成为最真实的自己。

约翰趁静姝不注意,顽皮地扯过一顶墨西哥人的宽沿草帽罩在她头上。静姝则嫣然一笑,两人便躲在缀满红羽毛的宽边帽里,随着光影热烈起舞,眼眸蓄满默契的星光。

那一晚,约翰身上特有的马鞭草清香层层围裹着静姝。这种圣洁神奇的气味让静姝全然忘了孤独,忘了身在异乡。她爱上了万里之外的时空,爱上了这群相亲相爱的伙计们。她有点沉醉,醉在约翰磁石般吸附的目光里。

舞会快结束时,女同学们都围了过来,紧紧簇拥着这位东方姐妹,贴着她的脸颊亲热着,一个爱的海洋汹涌而来,让她淹没在满怀的幸福中。

女人间的情绪和敌意总是在某一氛围或某一细节的触动

下迅速发酵,感性的情绪会引发后来许多事件的不可收拾。或许,金苹果引发的特洛伊战争,也源于女人间微妙情绪的波动吧。

这些天约翰对静姝额外的关爱有加,已让路易莲浑身蚂蚁,躁动不安。而此时,光影颤动中眉来眼去的那两个人,幸福的热闹一刹那涌向那两个人,全然和自己无关。她抑制不了情绪,压抑不了内心潜藏已久的孤独感。那种孤独感,只有在情绪的激荡宣泄中,才能点点滴滴被释放。

三米外的她身子有些战栗,眼睛直直地盯着静姝的鬈笑,光和影投影在她的东方眉眼间。当约翰的眼眸再一次脉脉含情望着那双东方细腻的洛神之眼时,当他的手臂趁机环着静姝的肩膀时,她眼里一丝丝的绿光幻成了墨绿。她无比酸涩地追随着约翰,带着浑身上下的焦躁。当红羽毛的宽沿大帽遮盖了约翰的双眼、只见四条腿灵动欢舞时,她喉管里的烈焰燃烧了起来。

晚会结束后,伙计们逐一道别,消失在卑尔根空寂无边的夜色中。

约翰伫立在校门外的土坡上,静静等候着。

不一会,静姝心有灵犀地出现了。正心跳如兔想一路同行,路易莲忽然像外星人一样出现在背后。她在漆黑的山坡上夸张地尖叫,自说自话地加入了同行的队伍。

静姝和约翰沉默了。

夜空中弥漫着单一而纯粹的宁静,林间偶尔传来披肩鸡的振翅声和田鼠的"噗噗"声。

路易莲尽情地在夜的舞台上舞动手臂,说着她自认为可以笑疼肚子的冷笑话。约翰和静姝微笑着不说话,僻静的夜色里她清利高亢的声音飘来拂去。

总算到了 Aire house 宿舍楼了,约翰的眼睛夜色中如鱼鳞般光影张翕。他凝视了静姝一会儿,似乎有话要说。然而路易莲的黑眼珠子像鱼一样要鼓出来了,他咽下了要说的话,静静望着静姝。静姝也静静地望着他。

路易莲忽然打破了寂静,她转身吩咐静姝说:"你先上楼,我找约翰有点事!"

静姝愣了一下,还是礼貌地点点头,静静地看了一眼约翰。她没说什么,径直朝前走着。

上了台阶,经过走道,一头扎进了画满鬼头文化的电梯里。昏暗的走廊灯光里,似乎有无数的鹰隼和舌头藏匿其间,试图吞噬些什么。

回房后,她想先洗澡,再把衣服晾在暖气片上。然而,心里却有点说不出的慌,身子一动不动黏在床头。

她有点焦躁地拿起手表，捂在胸前数着分秒。秒钟足足绕了五个大圈，路易莲才回来。

她粗鲁地撞开门，用脚又重重地踢上了。接着，她捧着洗漱用品像日本鬼子一样"腾腾腾"去了洗手间，"哗啦啦"打开了如注的水龙头。不时地，沐浴声中混杂着洗漱品落地和马桶盖剧烈甩击的声音。

好不容易洗完了，她从浴室里走回自己的房间，又用脚甩上了卧室门，然后打开 Skype 和男朋友"叽里咕噜"说着话。说着说着，就开吵了。她大吼着，不一会 Skype 里的声音就没有了。只见她出了门，重重地打开了冰箱，捧着一堆黑啤出去了。

当路易莲身体上特有的肉包子味再次袭来，已是凌晨三点。顽固的时差骚扰着静姝，使她在路易莲进门那一瞬清醒了。隐约间，听见她房里传来一个男人的说话声。一串串的西班牙语夹杂着暧昧的笑闹声，笑着笑着，说话声没有了，只听见了木床铿锵有力的"咯吱"声。

那天凌晨，静姝意外地收到了凯特发给她的邮件。

凯特在邮件中告诉她，从那一天偶遇后，她就渴望着能再见静姝这位东方女神。她问，复活节有八天假期，静姝可否可和她一起咖啡？或者一起在一望无际的森林里看风景？

她还说,她很喜欢中国,迫切地想学汉语。她向往着有一天,能握着静姝的手,一笔一划学写中国字。

邮件很是热情,带着些许奶油的甜腻。

静姝犹豫了许久,是否该回一封信?最后,她还是决定不回了。

6

约翰不知怎么缺席了。

没有了约翰的教室,寒意似乎从玻璃窗四面"嗖嗖"袭来,无处可挡。

遥望着窗外裸露着白树干的树,细数着树干上螺旋状的年轮,一种去国怀乡的孤独感从心底升起,彻骨地、细丝般缠绕着静姝。

剪不断,理还乱。

她缩在偌大的教室一隅,环抱着手臂,想抖落浑身的寒意,然而却不能。那些孤寂如凌乱一团的湘绣丝线,越收越紧,越缠越深了。

女人心灵深处的嫉妒与怨恨如手雷,阀门一开启,便一触即发了。

当那晚酸楚狂乱地望着约翰的柔情与伙计们的拥抱如潮水般涌向静姝那端,路易莲身上闪着红光的恶之花怦然绽放了。她如匍匐于地下水宫千年的美杜莎,阴暗中昂起粉色蛇头,用西班牙无敌舰队的勇猛,朝着意念中的情敌冲杀过去。从此,理智偏离了日常轨道,黑是黑,白也因为情绪的染色,不可逆转地成为黑了。

上课时的氛围渐渐微妙起来。虽然当着众人的面,残存的理性碎片般束缚着路易莲的冲动。然而她还是躲在角落里,冷冷地嫌弃静姝,寻机嘲笑这个东方女人。班级讨论时,她不忘鸡蛋里挑骨头,伺机寻找静姝的纰漏,渲染她的不屑。

轮值班长约翰请假了,她自告奋勇担任了组长,用带着浓郁西班牙特点的口音,组织伙计们继续讨论戏剧引子。给自己黏上了轮值组长的标签,她似乎更加傲慢了。

寒风一阵阵地,从门口吹来,教室里的五扇门框以独立寒秋的姿势挺立着。在一双双空濛的戏剧之眼里,空荡荡的空间里似乎就是表演的舞台,潜藏了许多未知的意义。

静姝望着门框,思绪飘拂。忽然,一个戏剧构思从静姝的脑海中掠过:她想用五扇门框,表达五个时代,或一个家庭的五个重要事件！

她有点激动地告诉了伙计们自己的构思，艾玛、荷歌、克朗几个挪威人马上拍手称赞，说真是个意味深长的表现形式，内容和情节也会显得很紧凑。

轮值组长路易莲撇撇嘴，很不以为然地发话了，说这么古老过时的结构方式，大概只有不懂现代戏剧的中国还在用！

静姝淡淡一笑，没有反驳她。她在心底继续构思着，设计着具体的事件和戏剧冲突。慢慢的，一个家庭的日常故事浮现于脑海：

玛丽的一家。

第一个门框时代，年轻的玛丽夫妻和两个儿子、一个女儿相亲相爱。一家人每年会在门框里拍一张集体照，见证家庭的温馨和孩子们的成长。

第二个门框年代，母亲遇见了她的初恋情人，坠入了婚外情中。丈夫知道了这些事情，矛盾和争吵的灰色雾霾笼罩着这个原本幸福的家。再次拍摄家庭集体照时，父亲和母亲间的距离隔远了，三个孩子的脸蛋失去了先前的红润和活泼了……

"我的天啦，我简直要哭了，这么土的故事，这么老套的戏剧模式！"没等静姝介绍完框架，路易莲便鼓着眼摇着头，不择言辞地批判了。

大家见她厉声批判，便互相使着眼色不吭了。后来，艾玛第一个打破了沉默，于是大家继续你一眼我一语，漫无边际神聊着戏剧引子。然而聊天中，只要一提到杀人放火和洪涝灾害的戏剧事件，伙计们讨论着戏剧情节的可能发生地时，路易莲马上又会鼓着黑毛毛眼睛，挥舞着长满绒毛的猿猴手臂说：

是中国，东亚，肯定是中国！

尊严如海水退潮时的珍珠，越来越清晰地浮现于心灵的海滩。人生初见时温情脉脉的面纱一缕缕被撕扯，嫉妒混杂着怨恨在时空中不断发酵。

面对刁蛮无理的路易莲，静姝仍然温柔敦厚，努力用东方特有的润泽和温婉去春风化雨。然而，对方似乎愈发气势汹汹，觉得静姝就是在欧洲唐人街里端着盘子逆来顺受的中国人。

每月最后一个星期五，是凯莉老师定下来的班级讨论日。每逢那一天，三个工作坊的伙计们会聚在一起，济济一堂，激扬文字。

终于这个星期五又来了。三十几个同学如鸟儿归林般栖息在大教室，向慈爱的凯莉老师汇报着戏剧引子的找寻情况。

"伙计们，你们最近有什么收获和感受，有什么困难啊？"

凯莉教授只要一说话,房间里便流淌着阳光,涌流着无穷无尽的融融暖意。她依然穿一件黑色及膝针织裙、戴一长串红玛瑙耳环。她习惯性地用了"伙计们"这个称呼,说话时眉眼舞动,光脚丫青蛙般在地板上蹦跳。

三个小组的轮值组长绘声绘色叙述了这些天来的情况,佐以热烈的讨论和生动的肢体表现。

有的伙计说,他们试图从莎士比亚的剧作中寻找线索,旧瓶装新酒,改良出儿童喜闻乐见的教育剧本;有的同学则翻阅了英国知名心理学家、教育家的教育理论,试图梳理一些儿童心理和易犯的错误,设计一些剧本片段;还有的人喜欢梅特林克的意境和形式,希望以清新含蓄的欲言又止,来引发孩子们的思索与共鸣。

路易莲也睁大那双燃烧野性和欲望的芦苇眼,夸张地描绘着她是如何带领大家开展工作坊的工作的。自我赞美中,还不忘在老师面前嘲讽静姝,说她竟然翻出古老的戏剧表现模式,要用几扇门表达一个家庭的多个时代,真是有点落伍啊。

老师笑而不语,静姝低着头一脸温柔。

"静姝,你怎么样?都习惯吗?"凯莉忽然走到静姝身边,把博爱而暖热的目光投向了她。她充满期盼地注视着眼前这个春叶般宁静的女子,想听她朱唇轻启,表达一些什么。

静姝闻到了凯莉身上熟悉的春花清香,她的心灵被轻柔地叩击着。记得小学时她特别喜欢坐在第一排,因为启蒙老师身上也有着这缕馨香。她想紧挨着老师,醉心于白兰花般恬静的香氛中。

"来到卑尔根之后,我就深深爱上了这个城市。"

静姝站了起来,遥望着远方,很是深情地表达着:"卑尔根的一草一木都饱含深情,呵护着我这位从东方而来的游子。卑尔根的自然轻烟飘渺,如梦如幻;卑尔根的老师和同学们也那般梦幻般质朴纯粹,让我有种宾至如归的感动。"

静姝用了"宾至而归"这个成语,还像竖起耳朵聆听的同学们解释着这个词。

"那,你觉得卑尔根还有什么地方可以更好? 我们可以为你做点什么?"凯莉睁大热情的双眸,迫切地希望静姝提出一些她力所能及的要求。

"一切都很好,真的! 如果说希望,我希望路易莲说话可以再慢一点。她的西班牙口音可能稍微有点,有点重,我不是太习惯。"

静姝终于随意点染,接近了自己想说的台词。说完后,她的脸有点红,觉得自己是在表演鸿门宴和渑池会。

大家的眼光一点点地朝路易莲这边倾斜。

路易莲有点呆了,她惊讶地睁大眼,瞪着静姝。

静姝依然很温和地看着她,也不退缩。

渐渐地,路易莲眼里的力量和野性逐渐黯淡了下去。后来,眼皮也落寞地耷拉了。死要面子的她面颊涨得通红,眼睛也变得绯红了。她蠕动着艳红的嘴唇,想说什么,又不知说什么好。

教室里沉默了好一会。

洞悉学生们心理的凯莉率先打破了沉默,她故意哈哈大笑,让笑声震荡得满屋子都是。她耳垂上的朱红玛瑙耳环也晃荡着,随着笑声摇晃出宝石才有的韶音。

她温暖平静地走到静姝和路易莲身边,两只手分别架在她们肩膀上。她用身体的暖热和心灵的杏花春雨,舒缓着东西方两颗灵魂。

她望着路易莲说:"路易莲,这是小菜一碟,没问题的。以后你说慢一点,或者用记号笔在白板上做一些笔记,好吗?"

她殷切地望着路易莲,又侧过身子望着静姝。她的眼眸里蓄满了爱和关怀。

静姝很是温顺地点点头。

路易莲无可奈何地摇着头,最后还是猫一般向老师点点头。

静姝发现,她长满黑绒毛的双眼又鼓成了鱼眼睛,眼里的红光狠狠地瞪着自己。

那天放学时,她先走了,没有叫路易莲一起回宿舍。

7

独自一人沿着幽静小径,缓缓往市中心方向步行。

一路上,望见许多春风般怡人的车主驾着简约的小车,优雅地在红绿灯前等候。偶尔几个路人没看清信号灯,误闯了红灯,司机们也友好地一笑,透过玻璃窗头一歪,示意他们缓慢通过。

卑尔根实在只有巴掌大一个地盘。市中心一纵一横两条马路,陈列着屈指可数的四五家西餐厅、一两家咖啡馆。

毫无目的地走着,太阳竟然出来了。

习惯性来到了卜吕根童话小木屋前,坐在路边凳子上看阳光里的人们,闻海风鲜活的咸涩味。

记得在穷游网里看攻略时,有驴友提起过,卑尔根市中心附近有一个鱼市。在那里,陈列着大西洋和北冰洋新上岸的海洋珍稀,北冰洋的鲸鱼、牡蛎和帝王蟹一应俱全。

她朝着大海的方向行进着,果然望见了橙色雨篷错落有致的鱼市码头。

"Hi,你是中国人还是日本人?"

一个瘦小身材、留着齐耳短发的黄皮肤女孩站在小摊前,她系着橙色的塑胶围兜,胸前飞溅着各类海鲜的印渍。一边朝静姝微笑着,一边手脚利索地整理着小摊上的鱼子酱瓶子。

黑色和橙色的小瓶鱼子酱在阳光里看起来色泽剔透。清冷的海风微微拂来,携着丝丝海洋和鱼虾的咸腥。

"我是中国人。"静姝迎着阳光微笑着。

"太好了,我也是中国人,香港的!"

女孩星眸一亮,咧开粉唇,香港女孩特有的清秀面庞和瓷白粉颈勾勒在光线里。她擦擦手,递过来一块小甜点。

静姝会心地捻起甜点大快朵颐,浓烈的甜蜜迅速淹没了早上教室里的寂寥和压抑。

"你是香港人,怎么会到码头来卖鱼呢?"静姝很是好奇,她无法把东方之珠里的香港人和满身鱼腥的摊贩联系起来。

"为什么不可以啊?挣钱读书啊,挪威物价全球第一!"

女孩带着香港人特有的口音和幽默,颇为骄傲地说。见静姝还是有点迷惘,她咧开玉齿笑了。

"你大概从大陆刚来吧？读博士、读硕士都可以卖鱼啊！在挪威读硕士没有补贴,大家都来打工。许多回国后当了千人学者的师兄师姐们,当年都在我这个鱼摊上卖过鱼啊！"

"原来鱼摊的工作还是中国同学的传家宝啊！"静姝笑了,但她还是觉得不合适。

"为什么不找份轻松舒服的工作呢?"她欲言又止。

"你认为卖鱼不体面对吗?"女孩银铃般的笑声跳荡在金色阳光里。

"挪威是石油国家,很难找工作的。无论是在鱼市打工、当售货员,还是当教授,大家都觉得很体面。"香港女孩说着,鼻翼里散发着如兰清香。

"好吧。"静姝还想表达什么,这时一个着装花花绿绿的美国旅行团来了。他们明眸善睐,手势夸张地表达着自己对各类海鲜的好奇与赞美。香港女孩连忙迎上去,为北美游客们挑拣着奇奇怪怪的海鲜。

静姝也买了只牡蛎一剖为二,坐在阳光里享用。

似乎从没吃过如此甘甜清冽的牡蛎,带着北冰洋海水的澄净。她恋恋不舍地舔着唇齿间丝丝海洋的味道,端起盘子和正在忙碌的海伦道别了。

没想到海伦还是丢下了这一群健谈的美国游客，冲过来和她拥抱。她把自己的 QQ 号码和卑尔根中国学联的 QQ 号码塞进了静姝手心里，叮嘱她有时间就来鱼市，有时间就去爬山喝咖啡……

静姝鸡啄米一样频频点着头，两人回望了无数次，彼此的身影终于消失在一望无际的阳光里了。

8

无论黑眼睛还是蓝眼睛的人们初见时,总是其乐融融,相亲相爱。

然而逐渐进入日常生活,彼此的缺点便如剪影般凸显在人生的镜面。一旦缺点因为怨恨而点燃,熊熊火焰便愈燃愈烈,燎原之势不可逆转。

后来的时间里,路易莲习惯了用茸毛黝黑的眼眸狠狠地盯着静妹,身体里的蛇头随时都在蠢蠢欲动。然而,同居一室唇齿相依,她努力地压抑着内心的火焰。

"我们轮流搞卫生好吗?你这周搞,我下周搞,可以吗?"

复活节假期第一天,路易莲毫不客气啃完了静妹冰箱里的两个可乐鸡翅,就用蛇头攒动的眼眸直盯着她。

"可以啊!轮流搞卫生太好了!"与路易莲同居这么久,静姝对她饭桌不擦,马桶不冲的习惯一直无可奈何。

"你先开始,你这周,我下周!"

她如颐指气使的皇后,命令着手下佣人:"灶台、餐桌、马桶、浴帘,每个地方你都保证干净!"

吩咐完,她就在卫生间里褪体毛,也剪了一地的腋毛,然后洒着浓烈的香水"噔噔噔"出门了。

静姝当即卷起衣袖开工了。一会儿功夫,公共区域的锅碗瓢盆各得其所,澄亮得能照见人影来。她得意地望着眼前的劳动果实,很是盼望路易莲早点回来,送上夸张的惊呼。

直到晚上十一点,路易莲才浩浩荡荡率领她的无敌舰队回来了。

顷刻间,高分贝的音乐、困兽嘶吼般的清唱和打情骂俏声把整个屋子都抬起来了。烟味、酒气飘满了客厅的缝隙。一个有着健硕胳膊和腹部人鱼线的男孩干脆脱下外衣,和路易莲在客厅里暧昧地跳着弗朗明戈。其余的男生也挥舞着羊绒衫,永不知疲倦地欢歌劲舞。节奏激昂处,十几号人就齐声发出战马萧萧的跺脚声。

隔着墙壁,静姝好几次想冲出去,要他们声音小一点。然而一想到父母的叮嘱,做人只栽花不种刺,朋友越多越好,敌人越少越好,便强忍着了。

约一个半小时后,这群人才又野马似的,集体奔腾而出了。客厅里、卫生间里这时已是鬼子进村后的杯盘狼藉了。

静姝有点愤懑了,她找来了一张粉色黏纸,在路易莲房门口贴了张纸条:

请不要深夜带朋友回来唱歌。

请注意公共卫生!

没想到第二天下午,揉着惺忪睡眼的路易莲发现纸条时看也不看,"刷刷刷"甩手撕了扔在地上。

接着,她又若无其事地从冰箱里拿一个静姝的苹果和布丁,头也不回出门去了。出门前,仍不忘命令静姝理桌子擦地板!

静姝在背后狠狠地给了她一个白眼,捂着鼻子表示对她体味的不喜欢。

没想到半夜里,路易莲又不知从哪个角落里找回了十几个狐朋狗友,大家喝酒吸烟吃奶酪,宣泄着永不枯竭的地中海热力。那晚从"咯吱"作响的木床上发出来的男人声,也一直混杂在这两晚的鼎沸人声中。

低头驼背搞了一个星期卫生,静姝忽然明白,搞卫生或许只是路易莲利用自己，甚至故意表达敌意、玩弄自己的一种方式。她一定还会生出种种枝蔓，彼此短兵对峙。

这一对决时刻终于真的来临了。

又一个雨雪纷飞的上午，当静姝从深邃静谧的湖边跑步回来，一进门，易莲便像只癞蛤蟆一般气鼓鼓地冲进了她的卧室。

"我的围巾不见了，是你拿了吗?"她眼眶上的睫毛一根根怒发冲冠了。

"什么?"静姝没听懂她的西班牙英语。

"我的围巾掉了，肯定是你拿了! 我昨天晚上放在客厅里!"路易莲气呼呼地重复着。

"你好好找找，会不会在橱里，或者忘在哪个酒吧里?"静姝依然心无涟漪。

"我都找过了，肯定是你偷了! 我要去叫警察!"没想到，路易莲把"拿"换成了"偷"，还说要叫警察，并强调了重音。这下可激怒静姝了。

"士可杀、不可辱! 我不允许你污蔑我!"静姝说了一长串的单词，夹杂着中国的典故，听得路易莲不知所措。

"你那条围巾吗? 咖啡绒线的? 那么难看的围巾，你送给我我都不要呢!"趁路易莲没反应过来，静姝加快了语速、提高了音量，像初生牛犊一般用牛角直冲敌阵。

路易莲有点意外，她见过的西班牙餐馆里打杂的中国人，那些人们都点头微笑，谦卑顺从，从没人敢这样气势如虹地去反抗。她眼里黝黑逼人的光亮黯淡了许多。

"你要围巾吗？来来来！我从中国带了二十条来，你要吗？我可以送给你十条！"静姝拉着路易莲的手，把她拽到自己衣橱前，翻出了二十几条绚丽围巾放在她面前。

"你选吧，我都给你！在中国，我们的围巾十块钱可以买到一条，又便宜又好看！"静姝毫不松动地直盯她的眼，胸腔里溢满了直捣黄龙的气势。

见路易莲的嚣张气焰虚弱得只剩下一层外壳，她的语气才顺势缓和，用修长的食指指着流光溢彩的围巾，很是温和地说，你喜欢哪一条？拿去吧？

路易莲慌忙摆摆手，连声说不用不用，她再去找找。说完，便小鼠子般逃回了自己的房间。

"如果你需要，尽管来拿哦！"静姝不忘用中国的套路虚情假意一番。

当确信无敌舰队的气焰被打压了，她才强忍着笑容躲进了被窝里大笑。笑着笑着，心里的孤独又涌上了心头。她很想诉说，想痛快淋漓地哭一场。

然而,她什么都不能,甚至不能用母语表达。她只能忽略所有的感受,为了让内心足够强大,去面对漫长岁月里无垠的孤独。

她想起北岛说过的一句话:

对漂泊者来说,你是没有选择的。你要尽量保护自己,不能太伤感。你不是游客,要保持生活的重心。

9

异国他乡的假期，绵长冷寂。它不紧不慢，穿越不了。

卑尔根的霏霏雨水也漫无边际，不快不缓，让你想逃离，却又跑不出无穷无尽的雨帘。

孤独在雨雾和寒冷中如蛇一般随行，慢慢啃噬着灵魂。

满口塞着北欧特甜的巧克力，让超乎寻常的甘甜呵护着心灵。静姝终于明白了，为什么北欧的甜点蜜得腻人、咖啡醇厚到了苦涩，或许就是为了以浓烈的味觉来对垒无边的寒冷，以醇郁的甜蜜来温暖孤独的内心吧。

无所事事地去了轻轨站，轻轨从平时的十分钟一趟变为四十分钟一趟。又去了唯一热闹的市中心，已十一点半了，细雨中的城市却还在沉睡,清澈的雨滴诗一般轻吻洁净的台阶。

商店和咖啡馆的灯都熄着,四处没有色彩,没有声响。弹格路上的鸽子和海鸥们也不怕人,它们自由地轻舞翩翩,徜徉在天地的自在中。

静姝想起了约翰,不知他在哪里,怎么了。

她想给他的邮箱发去片纸只言,然而好几次拟好草稿,又取消了。

她想到了吴言。

自从父亲支援了充裕的资金后,他又和往昔一样,潜水在上海灯红酒绿大都市的哪个会所了。他习惯了活跃在静姝未知的世界里,把生命中所有的热情都献给全然陌生的新鲜女人,觥筹交错在各种真真假假的利益饭局里。

没有他的信息,静姝早已习惯。

相爱是温暖的,男人的后背却挡住了远方的风景;孤独是清冷的,独立的自由和多元的世界却从此就在眼前了。她想旅行了,天马行空行走在欧洲版图上。

正准备查看驴友网时,国内的手机振动了,吴言发来了一条莫名奇妙的信息:"好老婆,你再等等我,我赚了更多的钱,就给你们买别墅买豪车。"

静姝愣了,不知是怎么回事了。

她想置之不理,却总觉得蹊跷。她给吴言打了个电话,吴言接电话时可能正在喝酒,他醉醺醺地前言不搭后语说,什么好老婆啊,是你自己臆想的吧?

静姝截屏给他,他便又断断续续辩解说,那肯定是信息串线了,或者手机碰到钥匙扣了。

静姝见他海阔天空找借口搪塞,于是回了一句:"你的手机和钥匙扣也人工智能会写信息了。"发完后,她全然不去想究竟发生什么了。

没想到,隐藏在黑夜里那些未知的篇章,却自动粉墨登场了。

大约半小时后,一个自称茉莉的女人给她发来了信息:"你和吴言离婚吧,我和我的孩子不能没有他!"

"你是谁?"静姝问。

"我是他爱的女人,我们共同的孩子已经三岁了,你放过我们好吗?"叫茉莉的女人大概在黑暗里压抑过久,她的短信、图片如漫天飞雪一般涌向万里之外。

照片上,静姝法律上的老公正搂着一个女人亲吻。在他俩的左侧,站着一个笑得眼睛眯缝成一枚月牙儿的孩子。

静姝沉默了,没想到情节会大大超乎她的想象。和吴言结婚后,她明白自己和吴言的人生观、价值观迥异。她也不在乎,也不怎么爱他,彼此心知肚明地为了披上婚姻外衣而已。然而,南辕北辙的列车却驶出了让人惊愕的轨迹。

"你是谁? 你们怎么认识的?"静姝还是忍不住问出了女人一定会问的问题。

"我是谁并不重要,我们的孩子那么大了,这才是最重要的。"女人说。

细雨沿着窗棂,顺着同一根雨线,滴落在同一个地方。

"既然孩子那么大了,为什么吴言不和你们生活在一起?"静姝从身体里聚拢了一些力量,反问了。

"他说要利用你多赚点钱,等项目成功了,就会摆脱你。"茉莉似乎有点难以抑制的骄傲。

"他为了钱,就可以不要你和孩子,这样的男人你还觉得洋洋自得?"静姝忍不住打击她了。

"他是为了让我和孩子过上好日子,你懂吗?"茉莉似乎是一只沉浸在幸福中的小鸟儿。

"既然这样,你拿出证据来,证明你们经常在一起。比如,去找第三方卫星定位公司,读取你们经常在一起的位置信息。或者,你去做个亲子鉴定。只要情况属实,我拱手相让。"熟悉科技的她故作大度地教着这个单纯的女人。她努力在心底不在意,然而眼角还是湿润了。

"莫愁前路无知己，天下谁人不识君"，她想起幼年时父亲教给她的豪迈诗句。世界那么大，此刻的她更想竹杖芒鞋走天涯。

她打开了穷游网，纵情点击着天鹅堡、维也纳、布拉格等醉心旅游胜地，浏览着网友攻略中的廉航网站。她也随心所至闯进了全球陌生人随机赠礼物的网站，给芝加哥和悉尼的两个小女孩送了复活节的彩蛋和银柳。

眼角干涩发痒准备下线时，她看到了悬浮在电脑屏幕上的广告：

英国瑞安航空从奥斯陆到维也纳的机票，只要七十克朗，而且说走就走。

她欣然下单，决定取道维也纳，再去童话般美好的城市布拉格。

出发前的那个中午，她和香港女孩海伦一起，参加了中国学联 QQ 群的聚会。

身处异国，忽然不期而遇散落在卑尔根的这么多同胞，一种过年般的温暖瞬间融化了灵魂深处的孤独。她和其他中国学子们一起，贪婪地吃着地球北端足以让人垂涎欲滴的卤猪蹄和猪耳朵。她的胃迅速找到了久违的幸福和暖意了。

据说，猪蹄是即将回国的王教授夫人从市中心的店铺买来的,那是一家唯一供应猪杂碎的店铺。外国人不吃猪蹄、猪耳朵什么,王教授夫人便特意恳求店铺老板,为她的中国同学捎带一些回来。卤菜用的八角、桂皮、酱油也来之不易,是他们夫妻特意去哥德堡最大的商场淘回的。据说,哥德堡能买到纯粹的中国商品,价格只有卑尔根的三分之二。

王教授夫妻俩带着孩子要回国了。夫人在群里发了帖子,出售半新的轿车。海伦马上响应了,以两万元的价格收了下来。其他的锅碗瓢盆,也一直挂在 QQ 群里,新来卑尔根的学子们可以随意认领。

来自全国各地的兄弟、姐妹们挤在王教授家里,仿佛回到了故乡。王教授特意把暖气开到最大,还燃起了平时很少用的壁炉。壁炉里的柴火"扑哧扑哧"烧得旺,鲜艳的火苗映红了每个远离故园学子们的面庞。

其乐融融的空间里,天南海北的人们用带着家乡口音的国语畅聊起来,心驰神往地谈论着《舌尖上的中国》,想象着那些可望而不可及的中式美食。

知道大家想吃粽子和月饼,王教授夫人买来了泰国米,用花草叶子包了几个翠绿的粽子。月饼是红豆沙馅的,红豆是一个中国同学偷偷过关从国内带来的。

嚼着没有粘性的泰国米粽子,品着自制的粗糙红豆沙,一个个喜笑颜开,仿佛身在人间天堂。

温暖在心,其乐融融。地球北端的游子们贪恋着这个大家庭的片刻温暖,久久不愿离去。临别时,静姝紧握着海伦的手,感谢她把自己领入这个美好的大家庭里。

奇怪的是,海伦这个午后却有点心不在焉,等出了门静姝才仿佛明白。

王教授家外的墙角里,站着前几天给静姝写过信件的混血女孩,凯特。

凯特看到静姝朝她张望,马上做贼般闪开了。

10

背上行囊,放飞心灵,独自行走在世界版图上。

心有点忐忑。

一路上,捧着网上下载的穷游攻略和注意事项,静姝一字不漏地仔细研读。怕被或许有的坏人当作外地人盯梢,她学着网上驴友们的做法,在列车上绘制了多个城市的简易交通图和地铁运行图,以备方向迷失时在掌心偷扫一眼。

对远方的期盼和未知的不安在静姝心里飞来漾去,这时间,吴言和那个茉莉远远地抛在脑后了。原来忽略和遗忘就这么简单,当你向着未来更加锦绣的风景前行时,曾经眷恋不舍的贝壳便搁浅在记忆的浅滩了。

穿行在从卑尔根到奥斯陆这条地球上最美丽的火车风景线上，静姝痴迷地望着窗外，一切像梦一般奇妙，一切又是那般真实可感的惊喜。

宁静地靠着车窗，望着窗外风景联翩移动的舞台，不禁感恩生活的博大和丰富。眼前褐色的草地刚晃入眼帘，头顶小红帽的农庄又接踵而至；这一刻摄人魂魄的峡湾静水缓流，那一瞬峻峭挺拔的山峦又悄然诉说着深情。虽然快要入夏了，不少山峰仍裹着洁白松软的积雪。

六七个小时后，终于到达了传说中的廉航国际机场了。在这里，她要耐心地等候七个小时。从黄昏到深夜，直至凌晨。

买咖啡、矿泉水，吃零食，四面观察。时间一点点地移动，那般步履姗姗。

咖啡喝得舌尖麻木了，背包里的零食也悉数尝遍，时钟却仍然只指向晚间八点。这时，候机厅里航班起落的预报声却渐渐稀疏了起来。先前十几分钟便能预报一次，这会一、两个小时才有一架飞机起落。

进出候机厅的旅人们都步履匆匆，瞬间消失在停机坪或门口大巴里了。慢慢地，卖咖啡的长卷发小姐和保安飞着媚眼打趣着下班了，余下的一个保安倍加警惕，不时审视着大厅。大厅里空荡荡的都是椅子，椅子上寥若晨星地坐着三个候机者。

担心和害怕浮泛在神秘的黑暗里,静姝不时看看漆黑的窗外。手指有点紧张起来,半握成一个拳头了。

十点,十一点,十一点半……接近十二点时,她的忍耐濒临溃堤的边缘了,惊恐的想象如黑蝙蝠一般翩飞在脑海里。

也许,下一秒钟,蓬头垢面的流浪汉就在玻璃外敲窗,蒙着黑纱的大盗一霎那挥刀闯入。她紧紧地揪住背包,很是盼望突然降临一架航班,飞下来一群热热闹闹的中国人。

在神奇的欧洲大地上,冥冥中似乎总有神灵在天际庇佑,编织着人间的惊喜大团圆。如星空般浩渺幽暗的停机坪上,忽然变戏法似地出现了一架航班。一团炫耀得让人睁不开眼的白光出现在原野里,一个庞然的天外来物停靠在这里。

机舱被夜的魔术师打开了,鱼贯而出一群蜡黄疲惫的旅客。他们一个个又鱼贯而入,接着从静姝楚楚动人的目光里缓缓而出。不一会,门口的大巴车便像罐头般,塞满了旅人。

一个个身影渐行渐远,候机厅里顿时又安静了下来,只有三个圆圆的脑袋无神耷拉着。一个个希望如肥皂泡般破灭,静姝无可奈何地叹着气,继续百无聊赖地托着腮,望着外面无边的黑。

停机坪和星辰寂寥的夜空那么相似。夜空反射在地面,几盏信号也如寂寥的星斗儿,伶仃落寞地发着微光,任由黑夜充满力量地延伸着。

然而就在这时,她忽然闻到了一缕久违的马鞭草气息!

那缕迷人的气息就像一个旷世久远的神话,萦绕在她的四周,不经意地、若有若无地飘拂着。

她贪婪地捕捉着那一缕令人心悸的马鞭草清香。

那缕香是糅合着天竺葵和柠檬树的香,那般清澈脱俗。然而,那丝丝缕缕的神圣的香却也来越真实了,经纬纵横地环拥着她了。

她忍不住站了起来,心头沐着莫名的惊喜。

她睁大眼,探寻着圣洁之香的源头。

终于,一个男人慢慢地从停机坪的门口进来,如同黑夜里的一尊神。那尊神身上散发着丝丝纯净之香,就是静姝无比熟悉的装点圣坛的香,马鞭草的香!

他慢慢地走近,瘦长的身子在候机厅里拉着个长长的影子。他的身影似乎疲倦,面庞上带着一丝丝黄褐。海洋般深邃的眼眸里,充溢着无边的夜的温柔。

圆睁着杏眼,遥望着即将扑面而来的身影,静姝惊呆了。她大叫了一声!

那个身影愣了,朝静姝望来。他也呆了,马上飞一般地朝她奔来！离静姝还有一尺远时，他羞涩而理性地站住了。

"怎么是你？Amazing！"约翰满脸喜悦，他的手臂好几次跃跃欲试，想要给静姝一个热烈的拥抱。然而手指在还是缩了回去。他俩明白，即使是惯常的礼节性的拥抱，此刻也像磁石一般会紧紧吸附着彼此。

"你怎么也在这里？乘客不是都已经上了大巴车了吗？"她快乐得要跳起来，小心脏鹿儿般跳荡。

"我的手机掉在机舱里了！找了很久，几乎惊动了整个机舱，所以我晚了！"他的眼里也跳跃着无尽的喜悦，说话很是语无伦次。

"为什么你会天使在人间？为什么你会忽然出现在廉航机场里？"他心情澎湃，不停地问着十万个为什么。

热烈地迎着他浅蓝的眼眸，静姝轻柔地告诉他即将开始的穷游计划。

约翰仍止不住惊喜，不断感叹着"Amazing"。然而听说静姝要一个人候机到凌晨，独自飞往别国时，他如热锅上的蚂蚁，很是不安，却又不知如何是好。

"你怎么也会在这里？真的太神奇了！"静姝也仍旧沉浸在惊喜中。真是人生何处不相逢，她心头涌起了地球处处是故乡的暖意。

"我从瑞典回来,参加了一个全球机器人峰会。下午正好结束,我连夜就赶回来了!"约翰恨不得把全过程细细地描述给静姝,眼神专注地凝视着她。

接着,他和她聊着机器人峰会的情景。

他说,这次会议收获真是太多了!世界四大机器人公司瑞典 ABB、日本发那科、安川、德国库卡的研究者都参加了,日本、美国的机器人专家还携来了最新的机器人作品。以后的机器人研发会与人工智能、脑科学研究相结合,或许未来的某一天,人类会被自己创造的机器人、被人工智能所消灭……

"是的,科学如一枚钢镚的两个面,它一面是善之花,给人类带来丰富和便捷;它也可能化为恶之花,让人类欲望无限膨胀,躯体无限安逸和懒惰,直到功能消失直至衰亡。"

静姝若有所思地聆听,共鸣着。

隔着玻璃桌面对面而坐,约翰无处不在的马鞭草气息飘拂鼻端。他的呼吸声也很洁净,温柔如森林中的天籁。好多次,在无边的黑夜空荡无物的候机厅里,静姝想冲过去拥抱他,拥抱那个散发着神圣气息的躯体。她止住了。

然而,那一刻踽踽靠近,她仿佛望见了百花初绽前蓓蕾翕动的妩媚。每当冲动潮涌时,她就抬着眼,假装不在意地望着远方的停机坪。

忽然,她想起背包里还有香喷喷的辣椒炒肉片,于是便挖出几勺,裹在松软的面包里,递给了眼前这个男人。

男人大口幸福地吃着,一口气咽了三个。两颗心静候着,等待着花蕊怦然迸放的那一刹那。

约翰继续蠕动着藕色嘴唇,讲述着故乡和父母的故事。

他说他的故乡在挪威峡湾最深处,那里冬日白雪皑皑,山峦和海洋合奏着雄浑沧桑的交响乐。春日到来时,水流淙淙,生灵苏醒,万物踮着脚尖欢快起舞。他的父母一辈子守护着挪威的森林,研究春雁是如何俏皮娇羞地光顾橡树林,鸟类和哺乳动物是以一种怎样的哲学姿态迎接季节更迭。他们痴迷挪威的山水和生灵,而放弃了涌向繁华欧洲大城市巴黎、伦敦的机会。

微黄的灯光里,男神浅浅言说着,温暖的语言环拥着象牙色肌肤的东方女神。时间的三寸金莲从闪烁的眼眸中婀娜掠过,终于,彼此都累了。

约翰搬来对面的椅子,砌成两张简易的长条床,两人温馨入梦。

那一晚,静姝梦见了好多活泼可爱的山妖,它们蓬乱着头发,用粉红的长鼻子淘气搅粥。它们在山林间顽皮地嬉戏着,给山林赐予无尽的祥瑞。它们也悄然手持铠甲,呵护着静姝这位森林天使,赐予它蜜汁般的梦境。

凌晨四点半时,两人醒来了。

约翰有点羞涩地笑了,静妹也抿着嘴笑,不敢看他的眼。终于,天大亮了,他默默地帮她背着背包,悄声送她往安检的方向去。

澄澈的苍穹里晨光浮起,蛋黄色的朝霞点缀着天空。丝绸般烟灰的幕布一丝丝隐去,天地间流布着温情。

他和她轻声道别了,仿佛若无其事。谁也不敢看谁的身影,彼此在湿润的眼眸中,匆匆追逐自己的影子。

两个影子在晨曦里渐渐颀长,朝着相反的方向移动。

安检处到了,两位警官立在跟前。一位警官不断地说笑话,来舒缓森严的气氛。另一位警官在幽默轻纱的弥漫中,手眼并用,十分严格地安检着。只见他仔细搜查着静妹的行李,一个细节都不放过。他用消磁布探测着静妹的电脑和手机,每一处纹丝不漏。

时间在肃穆的安检口延宕,心灵的浪花强烈冲击着堤坝。

终于,堤坝溃败了,浪花汹涌翻滚,冲涌而出。

她冲动地回头奔跑,向着约翰。

没想到约翰也早如展翼的海鸥,振翅朝她疾翔!充满热力的一双翅膀紧拥着东方女神,他给了她最炽烈的亲吻。

11

或许心灵的角落一直荫翳着男女关系的阴影,静姝很想沉入约翰的怀抱,然而她还是抽身出来,从约翰温暖的怀抱中走向远方,朝着自己既定的方向。

远方景色无限好,所到之处润泽如画。

音乐之城的芳草和树木像一曲曲浪漫俏丽的圆舞曲,此刻还刚刚沉浸于洁白梨花装点着的迷人牧场,迎面倏地又来了一束春意闹猛的金黄花絮。初恋爱人的洛可可情怀镂刻在城市的飞檐翘角上,米白的民居佩着红顶小帽静立一隅,高高的教堂钟楼在身后护卫着,用阳刚坚实的臂膀呵护心爱之人和田园牧歌般的家园。

一路上,静姝努力醉心于流光溢彩的风景线,不为缠绵的男女相思之情所扰。

然而,爱情的种子孵化喷薄于春天了。一路上,浮光掠影的舒伯特、施特劳斯、海顿塑像中,都无可避免叠印着那双深邃情深的眼眸,流连着马鞭草的清香了。

约翰似乎如影相随,每到一个让人欢喜雀跃的景点,遇到有趣的人和事,她都忍不住悄悄向影子诉说。

从轻灵优美的维也纳乘欧洲大巴,前往布拉格,浪漫主义的田园风光逐渐为现实主义所掩映。

随着大巴的缓缓行进,两国接壤处的泥土色泽也逐渐变化,先前润泽的红壤蓦然成为干坼的灰土地。夕阳中从古老的卡夫卡黄金巷出来,幻想着天空如果飘着细雨,雄浑深邃的查理大桥是如何沧桑沁骨时,没想到第二天清晨便雨雾迷蒙。

静姝冲动地冲出酒店,在雨中的伏尔塔瓦河上触摸布拉格的灵魂。

从桥头开始,她虔诚膜拜着30尊圣者的雕塑,感动于17、18世纪艺术大师的神来之笔。

她紧闭着双眼,用全心的灵犀去感应这些雕塑。据说,只要用心感应,圣贤就会赋予膜拜者一生的幸福。

那一刻,忽然泪如泉涌,搅合着雨水流淌在面颊。她很想

告诉约翰什么,也很想听听他的声音。

她从查理大桥冲向老城广场,找到了一家咖啡馆。她冲动地拿出手机,登录了 Facebook。

你好吗?

一路平安吗?

旅途快乐吗?

层层叠叠的留言,都是约翰的,字里行间满是牵挂与担忧。

静姝黑色的眼眸潮湿了,约翰的温情融化了她包裹在灵魂表层的顽强。那些所谓的顽强,原来只是面对未知世界的心灵铠甲,一旦爱意潮水般涌入,那些棉花糖般的顽强便溶解无影踪了。

"我很好,放心! 一路非常完美!"静姝还是努力展示着骄傲与倔强的本色。

"什么时候回来? 我来接你!"约翰打字的速度让静姝目不暇接。

她捧着手机贴在额前,感受着心灵的激荡。和初恋男友分手后,她才明白缘分难觅,真情难寻。虽然放眼望去,大千世界里满是男人和女人,然而要在两颗心灵里播撒爱的种子,拥有灵魂的诚挚,直至生根发芽,实在太不容易了。

她曾经也以为,自己可以以潦草一生的姿态委身于人,从此便可消磨人生遗忘爱的烈焰了。

　　其实,那只是心灵的暂且蛰伏。

12

三天后,坐上 SAS 飞往北欧的航班,静姝向着家的方向激动翱翔。

飞机停靠在熟悉的草坪上。随着人群顾盼生辉,穿越了朴素的免税店,她见到了约翰!春树般的身影旋风般奔向彼此。

我爱你,你是我的花。

我要好好爱你,好好保护你!

约翰张开茂密的枝桠,喃喃絮语着。

静姝深陷在席卷而来的巨浪里,心头沉寂了千年的爱的蓓蕾忽如一夜春风来。她痴迷地缠绕着他,缩在树的枝桠里。

那时间,忽然涌起和徐志摩的共鸣:

在康桥的柔波里,我甘愿做一株水草。

"你是我的花,我是树,树要保护好花朵儿。"

驱车回 Aire house 宿舍时,约翰左手握着方向盘,右手紧紧覆盖在静姝的左手上。他继续着树的呓语,沉浸在花与树的旷世神话中。

黑夜里,车如银蛇,无声无息攀越了起伏的山坡,穿过了一个接一个的山洞。静姝来到了似乎久违了半个世纪的家园,Aire house。

约翰卷起了他的花儿,冲向了自己的宿舍。在那里,他缠绵于东方美人象牙般的肌肤和坚韧持久的温柔中。

"我拥有了你,我不再孤单了,我的花儿。"

醒来时,已是雀上枝头了。约翰的眼里也散发着迷魂的马鞭草的清香。

静姝有点眩晕,她仿佛在开满格桑花的高海拔翠坡上迷失了方向,久久醉心于花儿自由烂漫的原野。她恨不得将一生浓缩为此时,永远沉湎在卑尔根的峡湾里,与大西洋的暖湿气流共悱恻。

"如果有一天,我们分开了,你会怎样?"当拥抱的胳膊终于累了松开了,静姝问出了中国女人最爱问的傻问题。

"不说别离，好吗？我们要永远在一起！"约翰眼底浮现了浓郁的不安。

"那如果呢？"静姝执着地问。

"如果，那我就陪伴我的机器人，它们是我的灵魂，直至永远。"

约翰神情很是暗淡，眼眶里有泪珠在滚动。静姝还想说什么，最后忍住了，只是感动地拥着他。

"我一直以为，机器人就是我的爱人，直到很多年后又遇见你，我才重新找回了热情，找回了乐观。"

从静姝温暖的怀抱中，约翰爬了起来，赤足站在褐色的窗棂前。透过轻灵的窗纱，他肃穆而忧伤地望着远方洁白的雪山之巅。

静姝有点后悔。她也沉默了，随着他谜一样的目光，遥望着远方褐色的树林和白雪覆盖的山巅。

约翰静立了片刻，从窗前走到房中央。

他的房间完全就是一个机器人世界，各种灰绿相间的芯片、黑色支架和形状各异的硅胶材料凌乱一地。几个直立的机器人框架和底座，矗立在房中央。

为了让约翰忘却低落的情绪，静姝故意孩子一般，此起彼伏地问着一个个关于机器人的问题。

问及专业的问题，约翰的眼眸又光亮了起来，他指着一件件耗材，告诉静姝它们的用途。他还骄傲地告诉静姝，现在的科学家们已经可以让机器人拥有人类身体的外貌特征了。日本京都的女性机器人可以模仿人类的行为，石黑浩以其自身为模型的机器人已与真人真假难辨，美国费博花了十七年研究了一个机器人。

他还告诉静姝，这三年来，他几乎每天都躲在工作坊里，咬着干涩的粗粮干面包，思考着如何让机器人发声、呼吸和掌握简单的人脑智能。有时，他甚至半个月都不出门，如冬眠的北极熊，静守在狭小的空间里。

"所以你选择了戏剧吗？"静姝问。

"是的，为了让自己从沉寂的过去走出来，我选择了戏剧。如果没有戏剧，没有你，我的人生灵感或许已经枯竭了。"

他告诉静姝，艺术或许是科学的翅膀，艺术滋养科学，让科学的羽翼轻舞飞扬。许多科学家和艺术家一样，对爱与美好近乎痴迷的崇拜。许多科学家也与艺术家一样，有着非同寻常的癖好，如苹果公司的库克就是同性恋取向者。

眼前这个男人单纯灿烂的躯壳里，竟然藏着灵魂深处的沉静与厚重。在那些深邃与厚重中，似乎也有着淡淡的忧伤，未知的神秘。

静姝深受感染和吸引,她想扑闪灵魂的翅膀,去无限接近这个灵魂有着深邃底色的男人。

"别离开我,好吗?"

约翰望着她,再次恳求着,似乎十分害怕。

"不离开你,永远在一起。"静姝充满力量地望着他,让他眼里的阴霾在阳光里无处遁形。

她望见米白的原木书桌上放着一本聂鲁达的诗歌,便赤脚站立着,深情朗诵:

　　你的眼里跳荡着晚霞的火焰,

　　树叶一片片落入你似水的心田,

　　你像一朵牵牛花紧贴在我怀中,

　　树叶接收着你舒缓宁静的声音……

约翰拥着她,浑厚的声音与她共鸣。

13

静姝和约翰琴瑟和谐地出现在 Aire house 宿舍外了。

静姝带着新娘般羞涩的微笑,满怀爱心地望着水墨风光。

远方的群山释放了黛绿,咖啡色的丛林染上了翡翠的裙边。近处树梢上,藏匿着无数婉转叽喳的鸟雀。樱花树含苞待放的花蕊中,黑白相间的两只喜鹊一前一后灵动环绕,时而伫立枝梢卿卿我我,时而打情骂俏冲向无垠的天际。

半个月后见到久违的约翰,伙计们很是兴奋。

路易莲呆望着约翰,似乎入了迷,眼里的烈焰随时像要一触即发。她当着众人抓住约翰的双手,摇晃着自己和他的身体问:"约翰,你去哪儿啦?你去哪儿啦?我们想死你了!"

克朗的疯子本性也一览无余,他兴奋地拥抱着约翰,转身又抱住了荷歌。接着,他赤着脚跑来跑去,一个人"砰砰啪啪"打着合唱队里两声部的节拍。

后来,他干脆站在钢琴前,手指夸张地抬高又骤然落下,行云流水地弹着琳恩.玛莲的歌曲《A Place Nearby》。荷歌和其他同学合着琴声,空灵吟唱着富有北欧特征的歌曲。

约翰如同工作坊的定海神针。他的归来,使戏剧引子讨论这架无数次出轨的列车重新驰回了轨道,并风驰电掣向前疾驰着。

听说静妹曾设计过一个家庭和五个门框的故事,他拍案叫绝,顺着静妹的构思设计了其他三扇门框的剧情:

第三个门框拍照时,第二个孩子因为父母的争吵和家庭的冷漠而离家出走了,缺失在镜头前。青春的欲望与叛逆,使他迅速爱上了一个坏女孩。她教他吐烟圈,吸海洛因,纵情声色。"

"然后呢?"大家都摒住呼吸,听他说。

"然后,然后到了第四个门框时,一家人都在医院里度过。为了帮助第二个孩子戒毒,父母和哥哥、妹妹都守在这里,陪着这个孩子熬过难关。"

"第五个门框时代到来了。父母重新反思了自己,一家人其乐融融,回归了家庭。吸毒的少年也战胜了毒品和坏女孩的引诱,他凭着顽强的毅力重回正常的生活轨道,重回老师和家长的怀抱。"

"在新年到来之际,全家人聚在第五扇门框前,咔嚓一声拍下了具有历史意义的家庭集体照。"艾玛和荷歌明白了约翰的设计,替他说出了结尾。

"喔,太棒了,太完美了!"众人欢呼着,大家报以热烈的掌声。

路易莲很不情愿地翻了翻眼皮子,逢场作戏地做了个拍掌的动作。

见任务已经告一段落,刚结识一位新女朋友的琼琼马上提议,在这般阳光漫天的日子里,我们应该冲出房间,去恋爱去亲吻,去拥抱无垠的苍穹和阳光!

琼琼的提议叩动了所有人的心弦。克朗早已含情脉脉望着荷歌,荷歌也扭着腰肢心领神会地接受感应。当轮值班长麦克同意,今天的课程到此为止,大家便高呼万岁,一个个欢快出笼,跳跃在澄碧的天宇下。

"约翰,我们去喝咖啡,或者吃冰淇淋好吗?北欧的咖啡和冰淇淋比意大利的还迷人!"路易莲忽然冲到约翰身后,用卡门般热烈地媚眼盯着他。她咧开了红唇,露出了野性的白齿。蓬松的卷发在阳光里折射着细碎光泽,散发着野性魅力。

"谢谢,但是不好意思,我有约了!"约翰婉拒着。

"去试试好吗？试试!"她吐着粉红的舌头,扯着他的衣襟试图说服他。

这时,静姝走来了,他淡然的眼眸一瞬间闪耀着锦鳞般的波光。他伸出手臂,似乎向着静姝的方向。

路易莲的笑容凝固了,眼睛有点阴骛。然而她迅速收敛了情绪,浮现妥协的笑容。

"我们可以三个人一起去咖啡、冰淇淋,好吗?"她望着约翰莞尔地笑。静姝发现,她的嘴唇似乎在颤抖。

"不了,我有点别的事情,好吗?"约翰始终望着静姝的眼。

路易莲的脸瞬间死灰,她的嘴唇激烈蠕动着,想要说什么了。

静姝再次闻到了美杜莎嫉妒的气息,她看见了压在土耳其地下水宫巨石下的邪恶之眼。只要谁望见了她的眼,便冥顽不化,成为千年石头了。

然而,约翰专注的目光让她无畏。他俩手牵手,幸福漫步在卑尔根透明的阳光里。

阳光对无比沉静的卑尔根来说,似乎就是春的号角,是弹跳的生命的活力。米白的春的阳光静静流淌着,天地万物似乎马上从沉重的冬的窠臼里苏醒了。

一羽羽海鸥扑打着翅膀,盘旋在巴洛克石柱的上方。

小城里的人们倾巢出动了,在市中心小小的广场上歌唱。一位穿着格子绒衫的年轻人自告奋勇担任指挥,青春的喉管里发出不同声部或深沉或清丽的和音。

墨玉般的小湖边,约翰紧紧拥抱着静姝,触角舒展在天地大美、海鸥天籁之声中。他们的身体与灵魂完美融合着,在旷远无垠的宇宙里。他们深深地沉醉着,感恩着生命的馈赠。

等到两人松开手,睁眼望四周时,静姝看见了路易莲蛇一样逃窜的身影。她冰冷的面颊、无数蛇头晃动的骇人的眼,在静姝心里素描了一道长长的阴影。

“这些天你去哪了? 你一直和约翰在一起吗?”回房时,刚闻到路易莲身上久违的肉包子味,便看见她叉着腰像泼妇一般盘问自己。她手里拿着一包粗厚的玉米片,正一块一块“咯吱咯吱”地吃。

“和你有关吗?”静姝不理会,娴熟地用三齿钥匙开着门。

“你是婚姻中的女人! 你怎么可以这样?”路易莲大叫着,无数的小蛇都从她黝黑的发梢里探了出来。

“婚姻中的女人怎么了? 挪威还可以有同性恋婚姻呢!

你不是也订婚了吗?"静姝毫不理会进了自己的卧室。

"我订婚是因为我需要他家的钱,我并不爱他。而且订婚不是已婚,结婚和未婚是有分水岭的!婚姻有关法律和宗教,你明白吗?在欧洲,已婚女人是不可以和未婚男子有关系的!"路易莲歇斯底里叫着,隐藏在她发丝里的蛇头企图吞噬一切。

"你可以找到完美的借口!难道订婚了,还可以一边拿着男朋友家的钱,救济你失业的父母,一边又和一个接一个的男人鬼混吗?"静姝想起了木床的"咯吱"声。

"男朋友是男朋友,丈夫是丈夫,懂吗?我,不仅可以和那些男孩过夜,也可以追求约翰,但是你不能!你明白了吗?"路易莲挑衅地望着静姝,眼里充溢着得意。

"我的事和你有什么关系?你去和一群群的男人混吧!"静姝说着,甩上了自己的房门,任凭路易莲在门外发疯地吼叫。

门内,她久久地沉默了。吴言和茉莉,还有那个名存实亡的婚姻,都是横亘在心头的沉重的秦岭。她来不及和约翰说明这一切,也不知如何启齿。

然而,她隐约感觉,这迟早是一个潜伏的地雷。

14

魔咒似的,那天下午,吴言和茉莉又赫然出现在万里之外的时空里。

一张照片发到了静姝的手机里。

照片上,显示着吴言和茉莉最近三个月的地理定位信息。他们曾三十多次呆在静安的一个小区里,每次相处的时间都超三小时。她还扯了吴言一根头发,去做了亲子鉴定。照片上的鉴定表白纸黑字,呈现在静姝面前。

真相没有外衣。静姝没给得瑟的茉莉回信,而把这张单子转发给了吴言。吴言气急败坏地打电话来了。

"你不能相信她,这是诬陷和勒索。"

"诬陷吗？这可是私家侦探的地理定位显示和医院里的鉴定报告。"静姝说。

"扯几根头发就能鉴定出来吗？这样的鉴定有法律效力吗？"吴言连声说着"好笑"二字。

"头发鉴定没有法律效力吗？头发、唾沫和血液，都可以作出准确的亲子鉴定，你让她去法庭上告吧！"静姝说。

"好吧，就算我对不起你好不好？但现在，哪个男人在外面没一点故事？连年纪大的男人为了养生长寿，都去名牌大学找小姑娘玩。"电话中的吴言很是大言不惭。

静姝无语了。她眼前浮现了万里之外那座高楼林立的大都市，人潮涌动里不知隐藏着多少妇人的娇嗲与哀怨。

"她以前是销售总监，劈腿的男人太多了！"为了说服静姝，吴言不惜毁坏孩子妈茉莉的形象。

"离婚吧，为了那个可怜的孩子。其他与我无关。"静姝说。

"谁知道是谁的孩子呢？这样就能一口咬定是我的孩子？"吴言很是无耻。

静姝哑口无言了。

吴言和自己在一起时，一直喜欢追求富婆，算计着婚姻的投入产出。然而他厚颜无耻到这种地步，却是始料未及的。

难怪网上说,现在国内许多男人假装痴情地约炮,完事后立马逃之夭夭。还有甚者,不仅好色不负责,还好色又贪财。

既然吴言不愿离婚,也不肯承担责任,静姝也不想触碰婚姻那个冰冷的外壳。她选择了继续躲在时光里,在北极圈附近不紧不慢地过生活。

她明白,和吴言的婚姻早已如一间爬满枯藤的古宅,她住宅子东边,他在宅西边。这个宅子给了自己已婚的名分,少却了许多世俗麻烦,家人、朋友不会催着自己结婚,已婚男人和自己交往也多了安全感。

没想到这时,母亲给自己来电话了,问静姝是否真的生不出孩子来?如果真的生不出,吴言说可以去他老家,领养一个白白胖胖的两岁男孩。

静姝哑然了,一切都这般意味深长、步步为营。

她想起了茉莉孩子那双纯净无邪的眼眸,又忆起了消毒水气味弥漫的妇产科医院。

她的身子不禁瑟缩了几下。

15

你是结过婚的,你是有丈夫的!

这句话像苍蝇的"嗡嗡"声,不断聒噪在耳边。这句话也如同一个魔咒,缠绕着生活。原本沿抛物线凌空飞扬的爱情红线,这些天在魔咒的纠缠中,已显底气不足的疲软了。

约翰仍然毫不知情。然而当他一如既往忘情注视着静姝,两人随着凯莉和同学们准备登机,前往布达佩斯时,路易莲再次当着众人,狠狠地说出了这句话。她成为了魔咒的制造者,是约翰和静姝甜蜜关系中的美杜莎。她粉红的舌头如同无数涎着毒液的蛇头,在人声鼎沸的候机厅里频繁吞吐着这句话。

约翰惊愕地听到了这个魔咒,他看看静姝,静姝低着头。

他再望望凯莉和同学们,大家都惊讶得嘴唇造型了一个"O"字母。他意识到自己不能在众目睽睽下让静姝陷入流言和目光中,于是刻意保持了适当的距离。

"为什么你有丈夫了,还来挪威学习?你们不会彼此思念吗?"刚与克朗恋爱的荷歌单纯直率地表达了挪威人的观念。

大家好奇的眼神,瞬间如漩涡般围拢了静姝。

静姝努力微笑着解释,说中国有句古话,叫"两情若是长久时,又岂在朝朝暮暮"。说着说着,自己内心很是苍白无力。

大家似乎并不理解,她根本无力说服北欧人根深蒂固的文化观念。她很想有机会向约翰解释一切,然而约翰正闪在一边,忧郁无神地望着机场的穹顶。

"你的行李箱是来挪威时新买的吧?好漂亮!"善良的凯莉时时不忘把温暖撒向学生们,她转移了让静姝难堪的话题。

"是很多年前在上海买的。"静姝轻声说。

"上海?中国也有这些品牌?"没到过欧洲以外国家的艾玛很是惊讶,她正吃力地往传送带上挪着箱子。箱子鼓鼓的,装满了卑尔根的蔬菜水果,她说她担心布达佩斯的食材不新鲜。

静姝帮她一起拖箱子,却没有回答她的问题。她明白,当人们不是亲眼所见，字面的陈述完全无法撼动他们根深蒂固的认为。

"你行吗？出国没问题吧？"凯莉还是对这个遥远古老中国来的学生很不放心，她发现学生们的座位都是分散的。

"没问题。"静姝收好了黏着行李单的登机牌，熟门熟路朝安检口走去。她很想回头看看约翰，却失去了气力。这时，她闻见了那股熟悉的体味。

"你的票，我们坐在一起！"兴奋的美杜莎冲到约翰身边，兴高采烈地告诉他。

"你要吃伊比利亚火腿片吗？我这有！我还有西班牙烤小鱼和乳酪！"说着，她用长着褐色绒毛的手指，撕开了吃多了会长狐臭的乳酪硬胶包装。见约翰低沉地婉谢，她干脆塞了一片在他唇齿间，手指上的绒毛直接碰到了他的嘴唇。约翰只好被动地蠕着嘴角。

"好吃吗？我还有好多，等会上飞机了，再给你好吗?"美杜莎热情似火地进攻着，不管约翰怎样躲闪。

静姝的座位在飞机后舱。望着长长的机舱，她长吁了一口气，想静静地放空自己。

然而远远地，望见前舱的路易莲粘着约翰而坐，不断情语媚眼，她心里还是划过一丝丝酸楚。

她拿出一本厚厚的戏剧理论书,强迫自己看下去。寂静的机舱里,只有风儿激荡机翼的气流声。同学和老师都如晨星,消散在浩瀚的宇宙间。

经过几个小时的飞行,终于抵达布达佩斯了。

和浦东国际机场一样,布达佩斯机场有着高高隆起的到达口。然而走到出口处,却看不到一辆正规的大巴或出租车。见国际游客在门口探头张望,一群黄牛模样的人迅速围了过来,问凯莉是否要车。几辆中国乡级公路常见的泥泞中巴停在远处斜坡上。

从没见过黄牛的挪威人很是兴奋。没有讨价还价经验的凯莉和黄牛们讲着价,明显以过高的价格租下了两辆小牛车。三十多个师生沙丁鱼般挤贴着,一路飞驰到了酒店门口。

布达佩斯的酒店也中了魔咒般阴郁,前台两个八字胡的秃顶老头不咸不淡回答着挪威人的问题,欧洲风度全无。

呆呆站在墙角里,望着眼前说着自己完全听不懂的语言的挪威人,静姝忽然有种想家的孤寂感。

约翰还是与她有着可贵的感应,他办好了手续,想和她一起上楼去。然而这时,路易莲又冲了上来,鼻翼几乎要贴着他的鼻梁,缠着他帮她抬行李。静姝心一凉,快步上楼进了房间。

大概半小时后,约翰悄悄叩门了。静姝犹豫了片刻,打开了。

"你来干什么？"静姝很不友好地挡在门口。

"我想看看你。"约翰低声说。

"我不需要你看，我有丈夫，他会关心我。"她把路易莲那里受来的气都发在了约翰身上。接着她负气地把约翰往外推，狠心地把门关上了。然而关上门那一刹那，她又后悔了。但自尊让她绝不回头，任凭约翰在外面忧伤地敲着门。

大约二十分钟后，敲门声消失了，门外传来了同学和约翰的对话声。

静姝和衣缩进了被子里，打开了中国早已淘汰的柜式电视机。房间里弥漫着布达佩斯独有的灰蒙蒙的气息，她努力扯着被子蒙住头，想阻隔那些气息。不料被子出奇的短，这边蒙住了脑袋，那边脚丫子又漏了出来。

第二天早晨，当静姝理好心绪准备百合般微笑，灿烂地面对约翰和同学们时，路易莲妖精般的媚笑又出现在面前。

静姝像老鼠般灰溜溜地出了餐厅，飞快逃离着这个陌生的充斥她听不懂语言的空间。

然而，布达佩斯似乎真的中了魔咒了，无数阴森的蛇头攒动其间。美杜莎发束中数也数不清的蛇头，正挥舞着中国中元节飞扬的纸钱灰烬，缠绕着远道而来的学子们。

一天后,克朗和琼琼两个同学就中了这阴险的魔咒,他们在房间里习惯性地拧开水龙头,仰头便喝汩汩而出的水。没想到当天便捂着肚子喊痛,一直坐在马桶上面如白纸。凯莉慌忙叫上几个同学,把他们送往了医院。

　　站在长满野草的医院外,听着城市里此起彼伏的警车鸣叫声,一种浓浓的不安朝静妹袭来。她说不出为什么,却闻到了几乎已经可以触摸的气息。

　　站在伊丽莎白链子桥上,六神无主呆望着伫立风中的古老石狮子,她再一次清晰地望见了美杜莎的眼,看见了美杜莎黑发中隐匿的粉红的蛇头。

　　路易莲这些天比在卑尔根的任何时候都更亢奋。习惯了西班牙灯红酒绿生活的她,终于望见了俗世烟火蒸腾的布达佩斯。她争分夺秒地欢娱着,凹凸着女人的妖媚。

　　每个白天,她都迫不及待地穿上从佩斯街头买来的丝丝缕缕缠绕的凉鞋,迎着寒风披上薄如蝉翼的裙子,然后像牛皮糖一般时刻盯着约翰看。每天晚上,她如孤鸟返林,一头扎进土耳其式风味的餐厅和酒吧里,回来时身后都会簇拥着成群结队的男粉丝们。

　　短短几天,她似乎又结交了很多新的狐朋狗友。在女人们结群嬉笑的粗野和男人豪放、暧昧的眼神中,她揽着满嘴酒气的陌生人的后腰,搭着粗笨的摩托车,一路呼啸而去。

16

琼琼和克朗在弥漫着来苏水气味的空间里躺了四五天。

凯莉如照顾孩子一般,无微不至地呵护着他们。照顾之余,还要步履匆匆领着其他学生,到布达佩斯国家歌剧院观摩,去中小学研习阿达姆导演为伙计们排练的话剧。

尽管生活忙碌不堪,凯莉灵魂深处的浪漫却永远不曾忽视。在春寒料峭的冷风中,六十岁的她和其他女生一样,乐不可支地穿上了露脚趾的高跟鞋,精心描绘着脚指甲,像描摹朵朵花瓣似的。在布达山坡上,只要偶遇盛开的小野菊,她都会痴迷地将脸庞贴在花瓣上,沉醉地亲吻数十秒,方肯前行。

马上就要回挪威了,凯莉决定带着学生们,好好亲近一下挪威无迹可寻的布达佩斯俗世生活。阿达姆导演推荐了市中心的火焰酒吧，于是凯莉像老母鸡似的，护卫着大家到了激情四射的酒吧。

迎面而来的酒吧容蓄着生猛的激情与狂放。墙壁四面，炫彩颜料描绘着烈马和斗牛，一匹匹呼之欲出，呼应着屋内觥筹交错的激情呐喊。

酒吧分三个区域。台阶左侧是游戏区，一位大师正手持烈焰，疯狂表演着中国古人口吐火焰的绝技。

台阶右侧是特色劲舞区，几个黑肤女郎吊挂内裤，扭动腰肢，跳着土耳其知名的肚皮舞。全场男女醉酒般盯着凹凸的三点和肚脐眼，狂乱的想象迸射了生龙活虎的世俗欲望。不一会，全场男女便一起暧昧起舞，制造着引人入胜的身体动感。

挪威来的男生们聚集在舞蹈区，一个个都被勾了魂似的，直直地盯着上下起伏的肚皮。开明的凯莉鼓励男生们，怂恿他们投身到野马般的烈焰中去。她则牵着静姝，往后端的纯粹饮酒区走去。一边走，一边介绍着布达佩斯的风土人情。

然而，当口吐火焰的大胡子演员全场跑动，在每个人身后"噗"地吐出烈焰时，凯莉也激动忘形了，她忘情喝彩，冲到了看热闹的圆圈里。

静姝悄悄溜回了座位,端着一杯啤酒慢饮。这时,约翰好像提着啤酒瓶,朝自己的角落走来。她马上闪开,又朝肚皮舞女郎的方向走去,想让野兽般起舞的人群掩盖自己的身影。

　　"陪我喝酒!来,喝酒!"静姝刚藏进那一堆肚脐眼里,就瞥见美杜莎提着烈酒瓶,睁着酒精刺激下膨胀的双眼,踉踉跄跄朝约翰这边倒过来。

　　约翰连忙扶住她。没想到,她顺势倒进了他的怀里。

　　静姝的心忽然浮出一阵浓烈的酸楚。此时此景,她很想飓风般冲过去,把约翰一把抢回来。

　　然而,一想到"已婚"两个字,身体的力量就涣散了,浑身像个放光气的皮球。这几天,约翰发过信息询问她是否真的有老公,她都沉默不语。她知道,"已婚"这两个字一定如一座巍峨大山,让他踟蹰于痛苦。在道德感黑白分明的欧洲,谁也不敢玷污教堂里那盏圣洁的烛光。

　　"我们喝一杯好吗,东方美人?"

　　这时,一群扎马尾和小辫子的男人出现了。这群人看起来个个桀骜不驯,像从哪个南欧足球俱乐部里冲出来的球星。

　　"好啊,我们喝,干杯!"静姝强行抑制了泪光,故意扭着腰肢喧哗,和棱角分明的男人们风情万种地碰杯。

　　"你从哪里来啊,美人?"马尾巴男人围着静姝扭动,像是欣赏卡塔尔阿拉伯老街里的中国羔羊。

"中国啊,你们呢?"静姝的笑容婉转在聚光灯下。

"我们,我们从……"扎着马尾巴的男生刚想回答,扎辫子的男人抢在他前头说:"我们从外星球来!"说完,他挑逗地吐着烟圈,让旁边其他男人哈哈大笑。

"来自外星球的男生们,我们再来干一杯!"望着远处被路易莲黏住的约翰的身影,静姝故意放纵自己,让约翰看见。

"好,我们喝酒! 我们跳舞! 来吧,宝贝!"说着,几个男人往静姝杯里倒着热辣的龙舌兰,臀部贴着静姝的臀部暧昧起舞了。

静姝挑逗地旋转着身体的弧度,先喝为敬地干完了手中的烈酒。

远处,她看见约翰也仰头喝下了路易莲手中的烈酒,一杯接着一杯。后来,他好像还嫌不过瘾,直接提起酒瓶就往嘴里灌。路易莲的红唇凌乱地亲吻着他,他也混乱回应着。

静姝的心隐痛了。她一把夺过马尾男人手中的酒瓶子,嘴对着瓶口直接吹喇叭了。几个男人见状激动地甩掉了上衣,挥舞着 T 恤呐喊助威。

静姝还嫌不够刺激,她又抢过其他男人手中的烈酒,把一杯杯龙舌兰风卷残云了。喝完后,脑海似乎还是清晰的。于是,她还故作沉醉,痴迷地舔着杯沿上咸涩的食盐。舔着舔着,身体慢慢绵软了起来。

迷糊中,两个头皮剃得乌青的男人似乎扯着她的手,拽着她的身体朝外走。门口台阶下,停着一辆黑色轿车。

静姝的思维还是清晰的,她意识到马上将发生什么了。

她挣扎着,挥舞着手臂,想大声喊叫。然而她发现,自己的身体涣散,喉管完全发不出声音了。她摇摇晃晃甩开胳膊上的那只手臂,脚步跌撞着。恍惚地回头去看约翰先前的方向,似乎早已人去座空了。

泪如泉涌。

她积攒着身体里残存的力量,努力挣脱攥着她的那只手腕。终于,全身每个毛孔里的力量都集合了过来,她的喉管发出了游丝般的弱音:

Help! Help!

磁性的声音还是穿透而出,游走在台阶四周。

门外的保安听到了这个声音,马上飞奔而来。他拽开几个男人胳膊,救出了静姝。几个男人慌了,连忙打开车门想逃。

这时,静姝不知从哪来了一股强大的力量。她像初生牛犊一般勇猛,死死地扯着这几个男人的衣袖,不让他们走。

保安也领会了静姝的意思,马上拨打了报警电话。

波平如镜的白天,警车便在布达佩斯此起彼伏地鸣叫。这会两分钟功夫,它们就飞驰而来。车上下来了几个魁梧的警察,很是威风地架走了四个鹰隼般的男人。

在警察局,静姝撕心裂肺地吐着。一边吐,一边向警察陈述着事情的经过。

白花花的灯光下,她听见了被抓的那群男人假装无辜地申诉。申诉的声音中,她忽然分辨出一个让人激动的似曾熟悉的声音。在小床"咯吱咯吱"作响的那个晚上,就是这个声音从路易莲的房间传来,传到隔壁静姝的耳朵里!

静姝猛地站起来,指着那张沟壑分明、长着浓密络腮胡子的脸大叫着:

就是他! 就是他!

他是路易莲的同伙,他们一起从西班牙来!

17

　　警车再一次威风凛凛地呼啸着，一路奔驰到静姝他们下榻的酒店。

　　飞速地搭乘电梯，警察们赶到了路易莲的门口。礼貌地按了几下门铃，没有动静。

　　大约响了二十几下，房间里才有了悉索声。

　　门懒洋洋地开了。路易莲披着睡袍，蓬头垢面地斜靠着房门。她的脸上浮现着玩世不恭的神情，俨然就是一个龙门客栈的金香玉。

　　静姝看了她一眼，忍不住又羞又气。只见她一只乳房吊挂在胸前，苹果般肿胀。静姝举起手臂，想狠狠地打她一顿。

没想到，一看见静姝，她转身就想关门。警察连忙把静姝拉到身后，一把推开了房门。

这时，一个熟悉得让人惊恐的声音从路易莲的床上传来。一个男人躺在昏暗处，语无伦次地呓语着。警察敏捷地打开了墙角的开关。

灯光里，静姝看见，一个男人赤裸裸地横躺在美杜莎弹性十足的席梦思上。

那个男人头发微卷，有着大卫般立体的面颊。他的身躯微瘦，像文艺复兴前画家作品里的躯体。他的身体上，温柔覆盖着暖融的绒毛。它们齐齐整整，均匀分布在手脚和胸腹部。绒毛掩藏的毛孔里，原本渗透着圣洁无瑕的清香。这一刻，那些清香流离失所。

强光刺激中，男人的酒好像有点醒了。

他认出了静姝，慌忙扯着被子，盖住了身体。然而马上，他又觉得不妥，飞快地拿着枕套裹在隐密处，当着警察的面想抱住静姝。

静姝甩开了她，她的眼泪瞬间大珠小珠落玉盘了。

她昂起头，没有看身边这个眼含忧郁的男人，而是走到路易莲身边，扬起巴掌，狠狠地扇了个耳刮子。

路易莲白皙的面色上印上了一个血红的手掌印。她摸着脸,愤怒地伸出一只手,想要反击,结果被旁边的警察一把抓住了。

这时,凯莉老师也蓬乱着头发,上气不接下气出现在房门口。

当着静姝、凯莉老师和其他男人的面,路易莲若无其事地将两个鼓鼓的乳房套进胸衣里。约翰则缩在被子里,抖抖索索地穿着内裤和内衣。

警察大手一挥,示意路易莲跟他们去。路易莲甩袖扬长而去,留给静姝猫一样阴森邪恶的眼神。

"你们是认识的,事先合谋的?"布达佩斯的警察按照静姝的怀疑,一一审问他们。

然而,路易莲和那群男人黄鳝般滑头,他们一口咬定,从没见过面,更别提认识了!这晚只是因为喝多了,被静姝这个东方娘们勾引了。

"那你们为什么都是西班牙人,都从西班牙到卑尔根学习,然后又都从卑尔根来布达佩斯呢?"警察奇怪地问。

"那纯属巧合!我们喜欢布达佩斯的风景,所以来旅行了。"几个男人不慌不忙地回答,口径和路易莲的完全一致。每个人都摇着头,装出一脸无辜的样子。

长居宁静北欧的凯莉教授不谙人生险恶,她也单纯而夸张地睁大双眼,不断提醒警察,要相信她,相信她的学生,他们一个个都是好人!她反复强调着教授、博士、硕士这些让欧洲人肃然起敬的关键词。

这一强调果然生效,警察大叔们友好而敬佩地朝她笑着,然后摊摊肩膀放了路易莲。

路易莲重回酒店里,撇着嘴给了静姝一个个轻蔑而意味深长的笑容。

静姝仍旧昂头不语,独自回到了自己的房间里。

异常平静地坐在沾染污渍的地毯上,遥望着窗外住满富人的布达山巅。山巅上的房子积木般累加着,如一个个看似孤立却有着内在联系的人生事件,描摹着人生丰富多彩的长卷。

这一刻,静姝什么都不愿意想。她不知自己怎么了,也不知未来会怎样。一种庄生梦蝶、蝶梦庄生的虚无感翩然而至。她摊开手脚躺在大床上,只想静静地、一个人呆着。

不知过了多久,门外响起了敲门声。

静姝猜到会是谁。她不想开。然而最终,她还是默默地打开了。

"对不起,很对不起。"约翰低着头,用中文道着歉,然后又说了一遍英文。

静姝沉默着。

"听我说好吗？是路易莲的诡计，她故意让我们喝醉，然后……"约翰急切地解释着，手无力而凌乱地摆动着。

静姝还是不言语。

"我不爱她，是她引诱我的！我害怕失去你！"约翰原本灰暗的脸庞忽然涨得通红，他声嘶力竭地解释着。

"我想一个人呆一会，好吗？"静姝的眼眸虚空地滑过走道，她的双手明显地在向外推着约翰。不一会，门就关了。

"我爱你！我害怕失去你！"约翰在门外大吼着，接着便不断地咳嗽起来。

那天黄昏，静姝给凯莉老师发了个信息，就直奔机场买票返回了。

再次乘坐 SAS 的航班，离开了那个魔咒飞舞的布达佩斯，离开了那个充溢邪恶之眼的布达佩斯酒店。

当飞机穿越洁白的云层凌越而上，渐渐地北欧连绵的雪山又浮现在窗外时，静姝忍不住热泪汹涌了。

回到了北欧的家，那座永远浸润着绵绵雨珠的质朴的卑尔根。回到远离故土的万里之外唯一熟悉的小屋，她的心回来了，灵魂也从远方回归了躯体。

她明白，人生没有妥协。人生，或许就是在柔肠寸断的经历中渐渐勇敢，不断逃离依赖和缱绻，逐渐变得坚韧顽强，直至无限趋向完美。

18

第四天清晨,静姝还蜷缩在睡梦中,有人在敲门了。

门外站着的,竟然是从外星球飞来的吴言。

他背着一个黑色旅行包,包上贴着荷兰航空的行李标签纸,一副面容枯槁的样子。一宿没睡,眼睛下方的黑眼圈更是明显如烟熏妆了。

一进门,他就打起精神,努力地朝静姝媚笑着,就像当年做业务面对他客户时的样子。

"你怎么来了?"

静姝堵在门口,没有让他进来的意思。

"我来看自己的老婆,不行吗?"他嬉皮笑脸地说。

静姝心里有点鸡皮疙瘩了。从结婚后明白他俩之间并没有感情和牵挂以来,她便忘了"老公"和"丈夫"这些称谓。

"进来吧。"离吴言两米远,她冷漠地挥了挥手,让他进来了。

"我想好好过日子。"吴言进屋后,试图靠近她。

"别别,你别过来。"静姝连忙闪开了身子,伸出手掌做了个打住的动作。

吴言罕见的亲密让她很是隔膜。刚结婚时,她曾怀着嫁鸡随鸡的憧憬,渴望吴言像初恋男友那样和自己相亲相爱。然而后来才发现,男人原来也是千姿百态的。初恋男友和自己一样,是灿烂明媚不会经营人生和爱情的那一类。而吴言,则是另一类工于心计的奇葩男人的标本。当寒冬深夜,她从被窝里伸出温暖的藕臂试图拥抱吴言时,夜夜笙歌的吴言总是会假装呓语,把滑向胸前的那只藕臂冷漠推开。

"我们可不可以重新开始,换一种相处模式?"吴言有点愣了,没想到静姝全然不是当年渴望他温暖怀抱的女人了。

"这样的模式挺好的,感谢你所赐。我习惯了一个人成长,一个人旅行,一个人独眠。"她像背话剧台词一样说出了肺腑之言。在孤独与痛苦中,她觉得自己终于破茧成蝶凤凰涅槃,从灵魂深处生长出颐养人生的幸福源泉来了。

"我们该好好过日子。"吴言有点失落的样子。

"你该和茉莉,还有那个孩子好好过日子了。"静姝轻轻地说。

"我不想和他们在一起,我是喝酒一时糊涂才……"男人狡辩着,继续用那个苍白的借口。

静姝很是不屑,也害怕听到这个刚从约翰嘴里说出来的借口,或许这是男人混乱之后的共同借口。

她也没想到,在法律上号称自己老公的,竟是这样一个男人。她只想马上逃离这个有吴言的空间,于是飞快地给海伦发了个信息,说晚上想来她这借宿一晚。

海伦爽快回信了:"可以啊,热烈欢迎!"

静姝说:"不好意思打扰,要一起同居几天了。"

海伦说:"这几天我正好不在,房间空着,你一个人独自享用吧!"说完,发了几个坏笑的图标。

静姝有点意外,问:"你去哪了,为什么不在自己房间?"

海伦神秘兮兮地说:"这是秘密!"

静姝觉得有点奇怪。她很想多问海伦几句,叮嘱她注意安全。然而,海伦比她在北欧生活的时间长得多。她提起双肩背包,逃一般地冲出了宿舍门。

在红橙黄绿色彩绚丽的卜吕根建筑前,她看见了海伦。

正想像海鸥一般张开翅膀猛扑过去,远远地却发现她在和一个长卷发的人拥抱亲吻。

走近一看,那人竟是凯特!

见静姝过来了,凯特很是慌乱,她红着脸朝静姝招手问好,然后急匆匆地朝对面山坡上的咖啡馆走去。

"你和凯特在一起? 你疯了吗?"静姝嘴中的热气直冲海伦的脸。

"是啊,怎么了? 这不很正常吗? 你不知道,凯特有多美好多依恋我。"海伦不以为然地说。

"我理解,但是不能接受。香港和中国大陆能接受你们吗?"静姝很是担忧她们的未来。

"我们可以在挪威,相守到永远。"海伦眸子里充满爱的幻想。

"你以为可以吗? 这些国家虽然在法律上不反对同性恋,但教堂里能受理同性恋婚姻吗? 不是好些挪威同学同性恋,家人都和他们断绝关系了吗?"静姝很是担心。

"放心,别想那么远,哪怕我们只是挪威岁月里的一段爱情而已,那也已经很美好了。"说着,海伦叨起了一根细长的摩尔,迎着海风吐着烟雾。

"万一陷进去了,怎么办呢?"静姝问。

"陷进去了也比孤独到死好。你明白挪威冬天的漫长和孤独吗？有时圣诞节前后，整个宿舍里空荡荡的就只有我！一想着无止境的漫漫寒夜，我就害怕！"

见静姝不吭声了，她告诉她，卑尔根好几位二十多岁的小男生，都和四十多岁的女访问学者同居。

"你知道吗？在北欧，在地球北端的遥远异乡，在无边无际的寒冬里，能抱着一个火热的躯体睡得昏天黑地，那就是挪威冬天里最幸福的事了。"

"好吧，你好自为之。"望着海伦眼里猫一样凄清楚楚的光晕，她不忍再说什么。

19

海伦的宿舍在弗洛扬山脚下,那里聚居许多从事基因和药物研究的硕、博士们。

推门进了宿舍,闻到了浓郁的消毒水气味。在她的柜子和窗台上,陈列着各种实验用的瓶瓶罐罐,有些透明玻璃罐里,似乎还有用各种液体浸泡着的某些标本。王教授夫人归国前转赠的椅子、台灯,都在静姝视线里。

链上网线,漫无目的地打开了全球陌生人礼物互赠的网站页面。她看到了芝加哥和悉尼的那两个女孩给自己发来的卡片和邮件,心头暖暖的。

她打开了网站的心情语录本,摘录了一段短短的文字勉

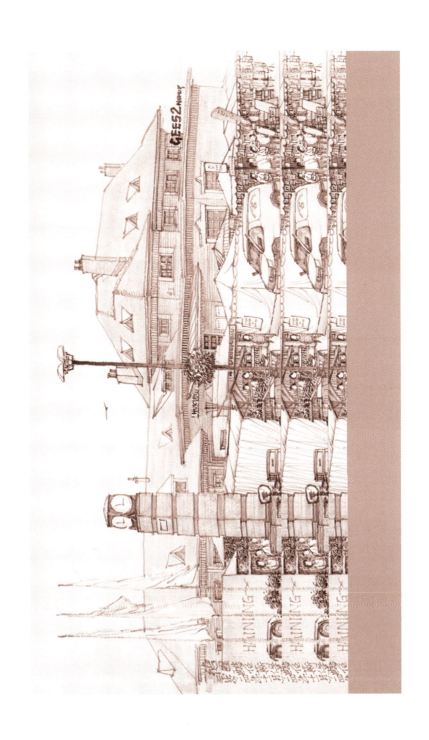

励自己：

天空，不只是在外面头顶上。每当我们从地上抬起脚，我们就走在天空里。

沉思了很久，她还是忍不住打开了 Facebook，查看着这些天同学们的网页。

意外地发现，仍在布达佩斯交流的同学们都发出了约翰生病住院的照片。照片上，熟悉的他面容憔悴，胡子如丛生的杂草。

原来，在自己离开的那个晚上，不会喝酒的约翰又去了一个地下室酒吧喝得酩酊大醉，直至肠胃出血。

心被丝丝撕扯着。她心急如焚地想给约翰发个信息，然而路易莲那只苹果般鼓胀的乳房时时蹦跳在眼前。她有点焦躁，自尊制止了她的信息。

这时，海伦的 QQ 又来了，说她和凯特晚上在 Aire house 宿舍楼大宴宾客，她需要房间里的那口大铁锅，也需要静姝这个中国美女闺蜜去捧场。

静姝答应了，她想用人群中的狂欢和热闹，来转移纷乱复杂的情绪。她换上了一条藏青色的绣花旗袍，扛着一口几十斤的大铁锅去了海伦那。这口大铁锅是罕见的宝物，如今或许只有在中国边陲才能见着了。

阜尔根的阳光　129

那天晚上,在七个异国美女共用的公共厨房里,海伦用娴熟的剖鱼手法,韩信点兵般在坑坑洼洼的砧板上料理着中国食材,让异国的金发美女们一个个目瞪口呆。远离祖国万里之外的公共厨房再次飘出了中国食品的馨香,犹如大年三十家家户户福祉绵延、富足宁静的温暖厨房伙房。

凯特已经能微笑释然地接受静姝的到来了。她和几个金发美女站在海伦的身旁,醉心地望着这个十八般武艺样样齐全的中国香港厨娘。

静姝忽然明白了,为什么混血美女凯特会如此痴迷海伦。

海伦母亲般温暖的怀抱和妙手烹饪的馨香食物,在卑尔根的绵雨里都是一个个温柔致命的漩涡。在那些满足舌苔欲望的诱惑里,年龄、国别、性别都无足轻重了。

20

不知是潜意识里担心约翰去 Aire house 找自己,还是担心吴言在陌生他乡的衣食起居,午后时分,静姝决定回一趟自己的宿舍,给她法律上的老公送去有点挪威特色的烟熏三文鱼和山羊芝士等。

"我来送点食物给你。"轻轨上,静姝给他发了条信息。

他没有回信,可是中国移动的信号在国外接收不及时。

背着超大的购物袋去了超市,买了玫瑰酒和一大袋食物,她上了轻轨,然后又下了轻轨,沿着熟悉的石子路来到宿舍前。

吹面不寒杨柳风了,楼前的樱花已是花团锦簇、莹白如雪的绰约了。然而让静姝有点失落不安的是,渐渐繁茂的枝头上有一只喜鹊不见了,另一只身影孑孓,间或清鸣在树梢。

走进了画满鬼头、写满龙飞凤舞各国文字的电梯,经过一扇扇散发着森林清香的宿舍门,她来到了自己的房间前。正想用古老的三齿钥匙打开房门,却惊讶地闻到了那股熟悉得不能再熟悉的狐臭味。

她有点惊慌,那股揪心的味道此时应该还在布达佩斯才对。

她粗粗地喘了一口气,心头滑过太多不好的假设,于是惶急慌忙地开了门。

路易莲的卧室门敞开着,她真的回来了!而自己的卧室门,却城池森严地紧闭着。

蹦跳的红苹果如叠加的电影老镜头,再一次混乱地跳跃在静姝脑海里。

她被欢蹦乱跳的红苹果画面激怒了。她用拳头狠狠地敲着门,没人应;掏出钥匙去开门,门反锁了。她愤怒极了,干脆抬脚用力踹着木门。

几天前布达佩斯熟悉的一幕如电影重放镜头,再次定格在眼前。

整个世界是透明的,每个人都披散着头发在裸奔。让人难以喘息的狐臭气耀武扬威地侵略在静姝狭小的卧室里,那只长着黑痣的熟悉得不能再熟悉的大苹果再次摇晃在前胸,在眼前。

静姝喘不过气来了。有两秒钟,她觉得自己要窒息了。

然而,强大的内力让她努力克制着内心的耻辱和狂乱。在路易莲翘着白花花的屁股得意洋洋地炫耀自己的猎物吴言时,她拿出手机,"咔嚓"拍下了这些历史时刻。

听到"咔嚓"声,路易莲愣了。她马上反应了过来,像母狼一般晃荡着肥硕的乳房猛扑过来,企图夺走静姝手里的手机。英文杂糅着西班牙语的叫喊声,从她朱艳的嘴唇里叫喊出来。

此时的静姝不知哪里来的力量和斗志。她完全如一只非洲黑豹,强悍地抵抗着森林里血淋淋的啃噬。她用尽全身力气,猛推着眼前这个散发着狐臭的滚热的身体。不一会,她听见一声闷响,看到披头散发的美杜莎的头重重地撞在白色暖气片上。

锐利的西班牙语叫骂声从美杜莎猩红的喉管里吼出。她如古罗马斗兽场那头杀红了眼的斗牛,揉着头发蓬乱的脑袋,睁着冒红光的眼睛,朝静姝再次猛冲过来。

静姝灵活地一闪,她又撞倒在床板上了。

当她第三次咆哮着朝静姝冲杀过来时,静姝当即打开了宿舍门,如胜利女神雅典娜一般在门外凛然叫喊:

如果你再过来,我就把你的故事告诉所有的留学生!我也马上把你的艳照发给你已经订婚的男朋友菲利普!

这一吼真管用,路易莲立刻停下了手脚的舞动。

她知道,她和静姝初见时情意绵长,静姝早已添加了她男朋友的 Facebook 和 Skype 了。菲利普对她那个失业家庭来说就是衣食父母,她无可奈何地瞪着眼前的中国女人,发梢里的蛇头吐着红蕊。

"把衣服穿上!"静姝命令她,用不容反抗的眼神盯着她,直到她眼里野性的蛇头一点点地瑟缩。

路易莲终于灰溜溜地提着衣服回房了。衣物匆忙穿戴完毕,她提着双肩包"腾腾腾"地出门了。关门前,她还是恶狠狠地甩了一句话:"你等着瞧,我不会放过你的!"

路易莲走后,静姝站在客厅里,鄙夷地望着吴言那个无比卑琐的躯体。

"你来挪威,就是为了体验你朝思暮想的异域风情,对吗?"她讽刺着。

"是她勾引我的,我发誓……"吴言说着,举起左手想要发誓。

"不要玷污神灵,好吗? 你不是一直念叨着我的蓝眼睛高鼻子室友吗? 今天如果不是当场抓住,你肯定会抵赖,对吧?"静姝望着天花板嘲讽着,视线不愿接触那个蜷缩的陌生肉体。

"我错了,原谅我好吗? 把照片删了?"吴言缩在床角求饶着。

"原谅? 我们可以没有爱,但你要尊重我的尊严,我的存在,明白吗?"

"这和尊严有什么关系? 你看国内那些老总,有几个没有小三? 人家说女人是男人的肋骨制造的,男人这辈子除了寻找肋骨,还要寻找自己的心、胃等等啊。"吴言继续厚颜无耻地狡辩着。

"那你尽可能地去找吧。你有你的价值观,我有我的价值观。我们总算可以结束了。"静姝长舒了一口气,像耗尽力量获取猎物的猎人。

停了停,她接着说:"你明天就回去,考虑一下协议书。我尽快回来办。这些照片我会存在几个不同邮箱里,你不要试图删除。"

吴言蠕动着嘴唇,还想恳求。然而见静姝的脸庞冷漠而生硬,他颓然了,将脑袋久久埋在臂弯间。

终于走出了那扇吸附着粘腻狐臭味的宿舍门,来到了草浪轻拂的原野上。静姝觉得浑身有一种前所未有的轻松和畅快。该来的迟早都会来，经过一场场浩劫，她像是卸下了灵魂上的一座座大山。

默默前行着，朝着海鸥翱翔的静谧小湖畔。

暮色里，天空如丝绸般柔滑轻灵，纯净的湛蓝渐渐涂抹着夕阳鲜艳的朱红和橘黄。此起彼伏的海鸥扑闪着翅膀，在洁净的湖面上振出力量的涟漪。

心豁然开朗。后来的那些天，人生仿佛打开了新的门扉。静姝放下了重负，放下了牵挂，她感觉一种月朗风清的海阔天空了，点点流光溢彩的风景从心灵的缝隙里渗漏进来。

残缺或许就是完美，放手才能更好地轻装飞翔，更好地更完整地拥有。无论是吴言，还是约翰，还是未来的未知者。

她关闭了国内的手机，也把约翰从 Facebook 好友里删除了。她还叮嘱凯特和海伦，一定不要告诉约翰她的行踪。

舍下了网络，没有了约翰，没有吴言，一切都风轻云淡了。

21

多日后,沿着来时的那条路,飞越波罗的海和高加索山脉等无数知名、不知名的高山和海洋。穿越机舱模拟的白天与黑夜,静姝回到了久违的上海。

伫立在上海的土地上,她的内心脆弱而冲动。她想在这片熟悉的地方,找个地方好好休憩。然而,眼前的场景和片段却也让她有种陌生距离感,一如当年与父母初到这座城市。

从机场出来,橘黄灯影里摇晃着矜持淡漠的路人的脸,出租车尾灯水一般滑向城市的梦境。不知掩映在城市黑夜的角落里,匆匆行走着多少丰乳肥臀的剪影,浮动着多少逢场作戏的风花雪月假象和利益交换后的浮世偷欢。也不知,在公寓屋檐里,掩藏着多少欢笑和哭泣、依赖与独行,还有此刻的偷情与下一刻的捉奸。

到家了!尽管是深夜,房间里仍满溢着食物的馨香。午后时分,父母便做好了味觉惊艳得直抵灵魂的熟悉美食。一进屋,母亲便端上了玉润的东方米饭,疼爱地望着孩子狼吞虎咽。

静妹的眼角湿润了。她忍着泪花一边扒着美食,一边迫不及待拿出了海豹垫毯和北欧羊毛衫给父母。

接到女儿的每件礼物,父亲乐呵呵地极尽赞美言辞,母亲一如既往皱着额头唠叨,说这些东西中国都有,外国的月亮又不比中国的圆!你看看这挪威的羊毛衫,就像中国上个世纪七十年代的花纹和样式!

静妹傻呵呵地笑着,任凭母亲唠叨。

等女人的唠叨告一段落,父亲开始切入正题,像大学辅导员一样做思想工作了。

"逃避现实这么久,一定有许多收获吧?"父亲戏谑地说。

"很多收获!原来地球上有那么多不同的人、不同的文化与生活。每个人都是唯一的最好的,每个人都可以按自己的方式自如地生活。"静妹恨不得把所有的领悟都告诉自己的父亲。

"这么多人生感悟,这么多宣言? 那接下来呢? 回归,还是继续逃避?"父亲笑呵呵的问她。

"还没想这个问题。"静姝笑着。

"人生没有永远的逃路。"父亲的眼充满力量地望着她。

"再给我一些时间,水到渠成时的选择,才是最隽永合理的选择。"静姝莞尔一笑。

"好,我等着你的回归。"父亲很是信任地说。

静姝握握爸爸的手,和他拉着勾。

"对了,吴言呢? 他怎么没来? 不是说去找你吗?"临睡前,母亲忽然想起了自己的女婿。

静姝沉默了。

"闹矛盾了? 你们再去一下红房子吧,试管婴儿都要种上好几次才成功呢,你们才失败几个胚胎! 没个孩子哪像个家呀?"母亲哪壶不开提哪壶。

"好了好了,人家知道了嘛! 我想休息了。"她抱着母亲,假装疲倦地打了两个哈欠。那些潜藏在记忆深处的阴影又从暗夜慢慢潜来,她仿佛又看到了粗鲁的医生从自己身体里拼命撕扯未成熟的卵子、尖锐的针筒冰冷地往肚皮上打针的情景。

"去领养一个孩子吧？吴言和我建议过很多次，不用自己生也很好，又轻松又积德。"母亲旧话重提。

"我回来是和吴言离婚的。"静姝怕母亲中计，总算说出了真相。

"离婚？为什么？亲戚朋友都觉得他谦虚有礼貌，硬件、软件都不错啊。"母亲惊讶得眼睛变成了两个圆圈。

"不合适呗，这回让我自己做主好吗？"静姝不肯多说，她不愿婚姻的真相成为父母的包袱和亲戚朋友眉飞色舞的谈资。

"不要离婚吧，你单了那么多年，好不容易找到个博士，外表身高看起来都过得去，做个摆设也好啊！这又说要离了，以后怎么办呢？"母亲很是焦急。

"单着就单着呗，现在好多女的不都单着，日子也过得很洒脱的。"静姝不以为然地说。

"你单着，妈妈的脸往哪里放啊？人家一个个都带着女婿回来，不是哈佛的就是牛津的。"母亲说个没完了。

"结婚是为了幸福，又不是凑合着穿件衣裳。您总不希望我以后没人疼吧？"静姝任凭母亲唠叨，咧着嘴朝母亲坐着鬼脸。

母亲没辙了，只好甩了个白眼给沉默不语的父亲。

"莫愁前路无知己,天下谁人不识君!"父亲忽然诵着自己交给女儿的第一首唐诗,鼓励着她。他邀请女儿择日回园区,看看科技园日新月异的恢宏图景。

22

第二天上午,静姝回到了久违的科技园。

当地球北端的静姝重新归来,再次静立于科技园时,她心里忽然萌生了一丝亲近,找到了一种全新的认识,潜意识里曾经很是排斥的情绪荡然无存了。

置身于科技园的入口处,静姝发现,自己仿佛置身于法国薰衣草庄园的掉阖处,也宛若翻开了一张莫奈的风景画卷。

米白的小径坚韧地伸向远方,两侧水杉林立,枝桠间藏匿着非凡生机。随着水杉林缓缓绵延的,有两根沾着黄锈的铁轨。铁轨上,一列儿提时代常见的绿皮火车静谧停靠着。

听父亲说,园区时常在这列行驶着的绿皮火车里,召开各国科学家参与的合作峰会,举办科研工作人员沙龙。

陪同一起入园的设计师介绍道,园区的规划都是借鉴硅谷和瑞典等国创客空间而构建。她试图在上海的东面,谱绘一片科学的桃花源,让各种灵感、创意涌流在此,让科学和艺术的双翼舞动。年轻的科学家沿着时光铁轨进入世外桃源,在蝉鸣花香的田园牧歌中,或许就成为了拥有大苹果成就的牛顿和乔布斯。

"您回来了?"一入办公楼,春风拂面的问候便应接不暇。

擦肩而过的,还有好几位和中国小哥勾肩搭背的印度科学家。听设计师说,这些印度阿哥心血来潮时,还会亲自下厨房露几手,给中国的研发者们做几个地道的香蕉飞饼。

楼梯口的咖啡间里,几个年轻人正啜饮清咖,畅聊着大数据和物联网年代的信息安全问题。不时地,还传来英文和法语的穿插表达。听设计师说,这个空间有时会举办小提琴独奏会,有时又会上演金融家头脑风暴。

望着这些似曾相识的咖啡角,她心里涌起了一种浓浓的亲切与温暖,仿佛穿梭在约翰卑尔根大学的实验室里。眼前的一隅里,簇拥着黑发直发和褐色卷发的脑袋,大家谈笑风生,商讨着全球新理念和新模式。

进了办公室,接触到自己那张黑皮椅子的微翘弧度了。

静姝闭着眼,沉醉地转了三个饱满的圆圈寻找着久违的熟悉感。她打开了电脑,随意浏览着园区动态和规划。

她发现,生物医药和信息产业已如金黄的麦种,播撒在科技园漫山遍野的沃土上。不少全球知名生物医药和机器人企业已进驻园区,多伦多大学的康复机器人和波士顿的物流机器人项目也发出橄榄枝,邀请科技园负责人去商谈。

"静姝总,上午的全球创业企业路演开始了。"清新可人的办公室秘书引着她,朝千军万马路演的主会场走去。

在暖意融融的氛围里,路演帷幕拉开了。第一个登台演示的是胶囊机器人项目。只见一位身着白衫的男士服下了一颗带着微型摄像头的胶囊,平躺在检测台上。随着计算机的灵敏遥控和磁场的神奇感应,一张清晰的胃镜图片在弹指一挥间生成,一反传统胃镜的痛苦和繁复。路演获得了阵阵掌声。

看戏一般,静姝又观摩了几个路演项目。

一位信息安全项目的老总登台亮相了,时尚明星般的海归老总传递了让人崇拜的信息:当年他曾是绿色军团的成员,美国轰炸南斯拉夫中国大使馆后,他和几位黑客一起,把红旗插上了美国白宫的网站。

他还说,整个世界是个透明的玻璃缸,每个人都穿着皇帝的新装在裸奔,所有的秘密其实都是公开的,无数的黑眼在暗处狼一般窥探着!你的邮件和密码,无时不在被人截获;十字路口,当你和陌生人擦肩而过,或许他的手中持有黑客软件,银行卡上所有的记录便潮水般汹涌而去。

一个半天,五个路演者侃侃而谈。他们的语言扑闪着蝴蝶翅膀,有时触目惊心于科技的超乎想象,有时翩然展示科学家和企业家的浪漫和优雅。

科学飞舞着艺术的翅膀,让风投老总们也流连忘返。路演还没结束,他们当即决定,五个项目全部投资,进驻眼前的科技园。

23

离婚和结婚一样,静姝都想为它们缀上富有仪式感的蕾丝花边。

挑了一个月朗星稀的晚上,静姝约了吴言,订了这座城市里最有名的穹顶无限餐厅。这是第一次约会时,吴言打肿脸充胖子约她的地方,说这个有着星空般苍穹的厅堂,寓意着前景无限好。

静姝特意先到了,为了感受许久未曾感受的上海的氛围,还有真切地感受离婚。

端坐在地毯绵软似锦的厅堂里,听着光头萨克斯手金属感的乐声在黑夜中荡漾,她和吴言近乎荒诞的婚姻生活一幕幕浮现在眼前。

他们的婚姻太像一出啼笑皆非的滑稽剧了。记得在网上认识吴言的第四周，在银行当普通职员的他就用了一个月的薪水，订下了这家豪华餐厅的晚宴。那晚的他妙语连珠，温柔体贴，完全不像时光撕去他脉脉外衣后的真面目。

"旧地重游啊?"吴言此刻一如往昔，也衣冠楚楚地来了。过于庄重的仪式感和静姝严肃的神情，让他在慌张进出了幽默。

"是啊,故地重游,今天有始有终,轮到你买单啦!"静姝也话里有话故作幽默。

吴言脸红了。自从这家餐厅的约会搞定静姝后，他便转移战场，只请她吃川湘菜或东北饺子了。轮到买单时，如果信奉男女平等的静姝假装起身去买，他一定欣然接受，并渐渐觉得那是理所当然。

"我们重新开始吧,我一定改,好吗?"吴言还在郑重其事地发誓，一如婚后静姝发现他在网上偷偷联系几个富婆后，他当时的信誓旦旦。

"协议书拟好了,你看看。如果可以,我们今晚就签了。"静姝毫无表情，视线游离地望着萨克斯手。他们明亮智慧的光头上，印着重叠的五彩灯影。

萨克斯金黄铜管里的旋律由《巴比伦河》变幻为《我心永恒》了。"那生死交隔时的一万年，即使垂垂老矣也不会忘记"，乐管里吹着他当年求婚时的誓言，回想起来也着实让人忍俊。

"我们好好在一起，好吗？我一定不会犯错误了!"他可怜兮兮地绽放了一个十分迷人的笑容，平日里这个笑容只对其他美丽女人才有。

"早就该结束这个婚姻了，本来就是个错误。我当时饥不择食抵挡不了剩女的压力，你唯利是图战胜不了物质欲望。"静姝的唇角冰冷无波。接着，她递过去几份协议。

"我不会签，肯定不签。"吴言虚弱地笑着，不肯离开婚姻这个金丝鸟笼。金丝鸟笼尽管没有温暖，却给了他在乡邻眼里的艳羡。记得刚和静姝确定关系时，他很是兴奋地带着一批批老乡和亲戚，去看静姝位于黄金地段的豪华复式公寓。

"不签？那我只好去法院起诉了。这回我决心已定，无论如何都要解决!"静姝不容商量地说，但还是避过了不好听的"离婚"二字。

吴言沉默了。结婚这些年来，他知道撼山易，撼眼前这个外表温柔、内心蕴蓄豪气与霸气的女人实在太难。

"你明白，要去法院、律所找相关人士帮忙，我的关系肯定比你多得多。"静姝望着他，十分认真地说。

吴言知道静姝的底细，她轻易不说，说了就会破釜沉舟去做。在她的顽强面前，他手无缚鸡之力。他只好皱着眉头，细细地读着条款，如阅读合作伙伴的商业合同书似的。

"这个合同不合理吧？"吴言看了两分钟，提出抗议说。

"哪里不合理？你说。"静姝问。

"这五年来，我做了多少贡献，只给我三百万现金吗？"吴言鼓着眼睛说。

"三百万不够吗？"静姝反问。

"三百万能买到什么？一间卧室都不行！难道我还要去租房子住吗？"吴言很是不满。

"你认为你能得到多少？你付出了多少？"静姝问。

"科技园日新月异，你看得到！我为园区做了那么多年贡献，应该分得股权！"吴言眼睛鼓得更厉害了，似乎比方才多了很多力气了。

"别提钱和股权好吗？你从我父亲手里陆续拿去了好多钱，都说做生意亏了，股市暴跌亏了，但实际上呢？"说着，她甩过去一叠花花绿绿的打印纸，那都是吴言把钱转给他家人和茉莉的银行记录。

吴言颓丧地叹了一口气，没敢再说什么。

为了防止吴言日后反悔而纠缠自己,静姝不留余地地补了一句:"别忘了,你和路易莲、茉莉的照片等等,都储存在我的云盘里,你好自为之吧。"

吴言的眼珠子死鱼般灰涩,他无可奈何地提起了笔。

烛光里,萨克斯男人时而弯腰,时而抬头,似乎想耗尽全身力气,发出生命的呐喊和尘世的呼唤。空旷的厅堂回荡着金属质感的音乐,犹如人生触手可感的交响篇章。

萨克斯男人退场后,又一个年轻的歌手出场了,唱着莱昂纳德.科恩的歌。声音从幽暗的厅堂四周浮起,古树般沧桑的情韵弥漫着。乐章里,人生未知的神秘潮水般泛起一圈圈涟漪。

"我送送你吧。"出了厅堂来到电梯口,吴言怯怯地说。

"不了,我想一个人去看看上海的夜景。"静姝礼貌地朝他摆摆手,说了声:"谢谢!"她的笑靥明媚动人,让他感觉很是陌生。

静姝感觉到自己制造的心理距离让他浑身不自在,于是很诚恳地说:"你和茉莉结婚吧,以后好好过日子。"

吴言沉默了,过了好一会才说:"觉得你怎么不像个女人?人家遭遇小三离婚了,都哭天喊地、要死要活的,你却恨不得我早点走。"

静姝笑了笑,说:"有吗? 我只是希望你有最好的归宿,不苟延残喘在没有爱的婚姻里。茉莉和孩子需要你。"

吴言又沉默了一会,说:"不可能的,我肯定不会娶她。"

静姝不想说什么了。吴言不是她,他是商人。无论怎么劝说,都改变不了吴言的商人本质。即使茉莉和他儿女成群了,他也不会把婚姻这个镶金外壳赐予她,放弃自己再次攀龙附凤的可能。

一路沉默着,终于出了浮光跃金的酒店大门。

静姝微笑着挥挥手,像是世纪旷远的道别。吴言呆立了片刻,朝着和静姝相反的方向远行了。不一会,上一刻还是结发夫妻的两个身影,便渺微地消散在人海,从此在钢筋水泥的丛林里毫无瓜葛了。

习惯性地朝陆家嘴这个国际化、全球化的标本走去。站在人潮涌动的正大广场透明天桥上,和所有的游客一样,用同一种倾斜的姿势环顾四周,瞻仰着熟悉的大象和威严的四面佛,眺望着水晶宝塔一样楼宇和电视塔。

仰望华灯扑朔的夜空,没有星星和月亮,天空被灯光辉映成彤红一片。抬眼处,到处是远近高低各不同的摩天高楼。繁华布景里,叠嶂着觥筹交错的人性欲望。鼎沸的人声从东西南北不同方向交织而来,呼吸间,各种气息缓缓糅合着,又渐渐向远处飘拂。

想念宁静恬美的卑尔根夜空了。她长长地吐了一口气，沿着透明天桥朝愈来愈静谧的江边走去。

滨江越北越安静。远离人群时，空气中渐渐传来了丝丝缕缕的菊花香。

找了个光影清浅的角落坐下了，静姝舒展着四肢，安然松弛地望着眼前缓缓流淌的江水。凤冠霞帔的游船和黑色载沙货船都以相同的速度，悄无声息地驰向未知的远方。

这时，不知从哪来了一位颇有个性和风骨的流浪艺人。他抱着一把旧吉他，以一种最自由最洒脱的姿态，弹唱着静姝最爱听的歌谣：

> 没有什么能够阻挡，你对自由的向往。
>
> 天马行空的生涯，你的心了无牵挂。
>
> 穿过幽暗的岁月，也曾感到彷徨，
>
> 当你低头的瞬间，才发觉脚下的路。
>
> 心中那自由的世界，如此的清澈高远。
>
> 盛开着永不凋零，蓝莲花……

乐声中,有种醍醐灌顶的领悟。人生便是向着自由不断行走的过程,在俗世中领悟、升华,让灵魂深处萌生那朵永不凋零的蓝莲花。

24

心儿轻松清灵,世间万物忽然变得柔软宁静了。

如同翩然飞舞在祥云间的彩蝶,静姝放下了心中许多的
重负。

生活中叠加的起起伏伏,瞬间都如山川静水般流淌而过
了。在时间随心懒散的扉页里,什么都可以想,什么都可以随
意掠过,日子一天天柔滑而去。

偶尔还惦念着远方绵雨飘拂的小城,惦记着那些在世外
桃源般明净教室里,严谨探讨着教育和心理问题的人们。然
而思念没有足迹,渐渐地,静姝又如水藻般,沉湎在上海平凡
俗世生活的花纹里。

想好好地留下来,安静地呆一段,像未婚时那个自由的自己,天马行空随心所欲,无需听从他人的意志,考虑周围人的感受。呆在这个熟悉的城市里也真好,晨光里一睁眼,便能看懂眼前的文字,丝毫不用用心辨认。

上海似乎也更加时尚更加现代化了。一夜间,城市的每个角落里都冒出了时尚书店和咖啡馆。书店和生活结合了起来,不再那般严肃而有距离。咖啡馆则像一个个的小花园,绚丽多姿的花儿在午后阳光里叠印着光和影。

这些书店和咖啡馆也有着越来越好听的名字,或富含国学底蕴,或有着中西合璧的洋味,飞扬着这个全球化、共享经济时代的蜻蜓翼翅。在这个共享和跨界融合的年代里,什么都可以混搭,什么都可以糅合,只要出于喜欢,出于内心质朴的热爱。

打个电话,约着一呼百应的三两个狐朋狗友,走街串巷,去平日里没时间去的江浙小镇、西班牙咖啡街消磨时间。美丽滋润的面庞深情相对,彼此雀跃着给闺蜜拍个照美个图,然后又百般沉醉地自拍,发个朋友圈自我陶醉。橘色光晕中的来来回回,闺蜜间心有灵犀的一颦一笑,那真是人间最恬静美好的时光啊。

一日一日,时钟慢悠悠地走着,静妹缓缓地逛着。越沉入这座城市的水底,渐渐地越有一个理想的轮廓,模模糊糊浮出水面,荡起波纹。她且说不清这个理想的内涵和框架,但心底里,她爱上了这座有着古典主义文化底蕴,又染着现代主义色泽的城市。她也不知不觉地,爱上了通向园区的那条青葱水杉道。

很想沿着那条路,按照那一群群年轻人的节拍,一天天慢慢地走着。她也更想,从世界各个角落邀来肤色、语言各异的年轻人,让他们沉浸在园子里,醉在上海最美的阳光里。她想让北欧的那群伙计们欢蹦乱跳地来上海,大伙儿混在一起喝咖啡、吹牛皮,或正儿八经地谈科学,扯投资。

每天早晨八点,挤上开往东南一隅的地铁,不断地走近那条田园牧歌般的路。

挤在黑脑袋的漩涡里,闻着青葱发梢上的芳香,那真是心旷神怡的感受。一个个年轻的身影雀跃着从车门外进来了,又出去了。这些年轻人有着象牙色的肌肤,洁净柔滑。他们眼眸里闪着星光,空气中弥布着香草般纯粹的气息。

喜欢在这样润泽的时空里自由呼吸。眼前没有人造香水的侵袭,没有朱艳红唇的突兀,一切都那么朴素自然,吹拂着丝丝远离城市的麦田里的风。这似乎不像是上海,然而,它确确实实是上海,一个和传统上海不太相同的新上海。

地铁里,时常能遇到两个外国人。他们似乎也感知了静姝的存在。每日里心有灵犀,望着彼此从同一个车站的同一个车厢等候处上车,又在同一个站点下车,去换乘园区内的免费通勤巴士。

眼前的黑人兄弟像极了卑尔根的那位小黑哥。他时常像卑尔根的他一样,憨厚地咧开红唇笑。另一位是金发男孩,散发着欧洲人特有的儒雅。上班高峰人潮涌动时,无论车厢怎么拥挤,他都会谦让地站在车门外,让下车者先行,眸子温柔如春。

一个个站点抵达,年轻人上来了,又下去了,这些似曾相识的身影都逐渐消失在站台上坡的台阶上了。或许,悠闲浪漫的午后时分,大家又会偶遇。下班拥挤时,彼此又会欣然一笑。

十天、二十天,一个月过去了。当新生的阳光焕发着新的生机,鲜艳地映照天地万物时,静姝静立在园子门口,萌生了一种牵扯神经末梢的冲动。她的冲动让她几乎想张开双臂,去拥抱世间一切美好的事物。

她觉得,她站在一个连绵起伏的风景线前。这个神奇的区域没有都市的烂熟与世故,远离了城市的灯红酒绿。它像一片宁静的芦苇荡,又像马尾草、小野花烂漫丛生的山巅,更像童年时奶奶家野菊盛开的后花园。在那里,丝瓜、南瓜、蚕豆、红薯各色种子和着泥土种下,春日里、夏夜里便芳菲满园、姹紫嫣红了。

眼前这个园子,民族的、乡土的,世界的、开放的,无一不兼容并蓄。在这个园子里,播撒着神奇科技的苗壮种子。科学家、经济家谈笑风生于公司食堂、咖啡馆,畅聊人工智能、区块链等热门话题。各大风投机构也蛰伏在这里,在各国咖啡豆的奇香中,伺机寻找让自己怦然心动的猎物。

园子里的每一个开放实验室,也是这样的侧影:一位位年轻人随心站立,或坐在桌子角。他们意气风发,激扬文字,年轻的胸腔中容蓄着各种呼之欲出的新点子、新发明。或许,孕育已久的奇怪新思想会在某个风轻云淡的午后,忽地喷涌而出,变幻成让人拍案叫绝的新技术、瞬间改变世界、颠覆传统。

望着一颗颗金色的种子,静姝着实喜悦。这些似曾相识的面庞,角落里忽然浮现的咖啡香,都会不由自主勾动心弦,让她情牵地球北端的那群人,那个安静的小渔村,那些童话世界里才有的彩色小木屋。

在那里,也是各色人种、不同民族交融荟萃。或许,只有土壤、阳光、雨露沃饶的生态,才能让黑白黄各色人种自由生长。他们博采天地间的阳光和雨露,天暖时才会春色满园,春华秋实。那时候,或许全世界会有更多的人们飞涌到这里,海燕般舒展翅膀,苍劲地翱翔长空。

想为这群飞鸟们做点什么了。静姝这个想法孕育已久。也许因为这一丝想法,未来的某一天,各国的人们会锲妇将孺,成为留鸟,扎根这片土地。

选了个良辰吉日,静姝终于鼓足了勇气,靠近了地铁上那两位年轻人。

"请问,你们是在这边上班吗?"静姝搭讪着。她的脸红了,平日里的她还是不习惯有目的地去拉扯。

"是啊!我在 Roche!"小黑哥见中国美女向自己示好,很是开心。他咧嘴憨厚一笑,快人快语。

"棒极了,这么好的药企!你呢?"静姝转向了旁边含笑的金发帅哥。

"我从英国来,在 GSK,做研发的。"帅哥儒雅地说,他的面庞干净白皙。

"都是世界知名企业啊!以前在哪里呢?"静姝夸张地竖起了大拇指。

"我俩以前一起在剑桥,以前住 Cambridge,现在住上海的 Sunbridge,Kangbridge!"白皮肤的金发哥很是俏皮地笑了。

小黑哥想起了什么,问静姝:"你是在这里工作吗? 中国人还是日本人?

静姝欢乐地说:"我是中国人,也在这边工作!"

金发小哥说:"好极了! 这里的年轻人都很开放,我们经常和中国人一起喝咖啡。遇到自己国家的节日了,就去嘉里猛猛地吃一顿!"

静姝仰头问:"想念家乡吗?"

金发小哥和黑哥相视而笑,说:"当然,偶尔会! 尤其是到了中国的节日和我们自己国家的节日时,那些熟悉的食物、醉人的气味总是很勾魂。"小黑找了好几个英文单词,来表达"勾魂"这个词。

静姝点点头,说:"是啊,许多时候想念某种食物了,就会不由自主想念家乡。"

两个男孩点点头。

静姝忽然想起什么,又问:"除了这些,你们还有什么觉得不一样吗?"

"不一样? 主要是语言不一样,饮食不一样。比如,刚来时看到有人吃鸭脖子、鸡爪子,我有点不习惯。还有,在地铁里,大家好像喜欢拥挤推搡,我也有点不太习惯。"金发小哥不好意思地笑了。

静姝也笑了。

小黑哥说:"我喜欢上海,除了夏天稍微热了点。另外,我的孩子和妻子都很想过来陪我,但是,中国的绿卡好像太难了……"

"这确实是个问题,一家人守在一起多好啊!"静姝认真地记在心里。

"我们公司想邀请一些获过诺贝尔奖的专家来上海,但超了六十岁,就不能办居留了。"金发小哥摊摊手臂说。

"我有几个朋友在中国留学,想毕业后留在中国,不知是不是可以?"小黑说。

静姝一字一句记下了。她很想多问一些,这时地铁到站了,大家一起涌向了园区免费大巴。

25

午餐时分,是园子里最热闹活跃的时刻。阳光温柔地照着樱花树、枇杷树。没有围墙的企业里的研发人员,纷纷涌向几个相同的午餐点。

人头攒动的餐厅里,天南海北的小吃琳琅满目很是诱人。山东的鸡蛋饼、江苏的粉丝汤、新疆的烤饼摊位前,挤满了籍贯和出生地各不相同的年轻人。如果足够幸运的话,也许还能吃到地道的印度飞饼,那是几个集成电路企业面容微黑的印度研发者亲手在厨房制作的。

美美的午餐后,略微散发着生物实验室药水气息或集成电路工作坊机箱气息的年轻人开始分流了。不少人眷恋饭后半小时的吹牛皮,便开始海聊胡扯,海阔天空地谈着最近的药品上市持有许可人制度。有的会绘声绘色地胡吹,说动物实验中心一只布满病毒的白老鼠,可以卖到五六百万的价格等等。住在园子外的几个人则很是不满,狠狠地批判一家半夜排放抗生素尾气的本土生药厂。头脑风暴中,各种信息交融汇聚,创新的火花时常在不经意中碰撞。

喜欢散步的人们不由自主走到樱花树下,痴迷地拍着云朵般锦簇的花团。园子里的植物可真多,锦带花在路边迎风微笑,枇杷树阔大的叶片淋漓酣畅折射着阳光,狗尾巴草、小菊花自得其乐缀满白色的墙角。有的研发人员乡土气息依旧,他们顽皮地扯着柚子树上圆滚滚的柚子,摘下几个伙计们一起分享。偶尔,会有银杏树的白果淘气地落在他们跟前。

走过了樱花大道、柚子林和银杏林,便是水杉林立的小河边了。虽已是秋天,江南的两岸仍旧绿意绒绒。许多人干脆舒展着身体,率性地躺在了大地的怀抱里。爱看热闹的好动者,则不失时机围拢在垂钓者身边,饶有兴趣地和他们一起拉钓竿,钓鱼钓青蛙。

远方,几个纯净的女孩在采花,她们把这个季节的野花儿串成一个花环,缀在发梢,环在手腕上。桥上马路边,静静停靠的特斯拉、摩拜和卖水果的小货车,很是和谐地融合着。

不喜搭讪的静姝又找机会搭讪了。她很是活跃地走到钓鱼者旁边,问着垂钓者,一天能吊多少鱼?用什么当鱼饵?钓鱼需要掌握什么技巧?

钓鱼者见身边崇拜者聚拢来了,很有存在感了。他端坐在小板凳上,得意地教静姝和其他围观者怎么装鱼饵,怎么甩钓竿,怎么拉钓竿。园子里的人们本来就有相同的工作,相近的知识背景,自然平添了一份少有的亲近和信任感。大家全不顾忌城里人不和陌生人说话的原则,七嘴八舌又扯着各种话题了。

"是不是这几个月开始,生药企业的研发更为便利了?"静姝主动找这些年轻人闲聊了。

"是啊,以前研发药品,一定要自己生产制造,现在不一样了!"一个戴着金丝眼镜的男生托了托镜框,面颊上浮现出欧洲学院派气质。

"还有什么不方便吗?"静姝问。

"几个美国的哥们想合作开展细胞研究,但通关检验手续繁琐,细胞来到我们实验室时,已经成为标本了!"旁边一位老兄打趣着。

"从国外实验室捎过来的细胞,还要提供输出国的免疫证明,这好像也有点麻烦。"金丝眼镜说。

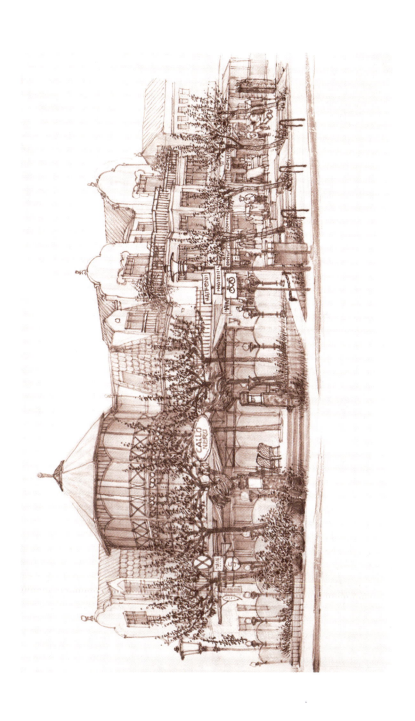

大家又你一句我一句,蒙太奇般从生药聊到创客空间。围观钓鱼的几位兄弟说,他们租了创客空间的一个工位,每月只需1400元人民币,能享受园子里所有的咖啡和资讯。其中一位很是踌躇满志说:"我要从这个园子里起步,成为扎克伯格,成为比尔盖茨!

　　为了拍下他信誓旦旦的感人瞬间,一个兄弟拿出新买的Apple X手机,刷脸开了机,给他留下了历史记忆。拍完照,苹果兄弟开始炫耀起自己新买的手机来。

　　未来的比尔盖茨很不以为然,说这个刷脸、刷手指的生物认证技术很可怕,只是不可靠的颜值而已。

　　苹果兄弟很诧异,怎么只是颜值,而不是内涵和永远呢?

　　未来比尔盖茨说:"你知道吗? 脸、手指这些生物特征是唯一的,如果唯一被窃取了,你觉得会怎样?"

　　苹果兄弟捧着手机不吭声了,其他的兄弟"哗然"而笑。

　　静姝也偷偷地笑着。她悄悄找了块草地坐下了,直接用手机整理着刚才听来的讨论和建议。理完后,她直接将这些意见,发送给了她熟悉的园区管委会和出入境、检验检疫部门的朋友们了。

　　她明白,这些建议也许会如滴落在松软泥土上的春雨,迅速渗透到不同区域,影响着不同人的思想,最后成为滋养园区生态的一场甘露。

26

世界那么大,世界的文化和思想多姿多彩、千变万幻。

无论是从事文艺,还是贴近科技的人们,都睁大双眼,仰望世界的奇妙更迭。当艺术与科学浑然融合时,蒙娜丽莎女神散发着愈加震撼、灵性的神光。

这一回,为着科学蒙娜丽莎的神韵和灵性,静姝再一次行走在海洋和山峦交织的世界版图上,走近了传说中安大略湖、硅谷和波士顿等地的著名孵化器和加速器,瞻仰了艺术与科学、产业融合的神奇作品。

安大略湖孵化器晨曦中的袅袅波光、硅谷漫山遍野盛开黄色小花的黄昏,那些壮丽的风景和神性的辉泽都让她深深震撼。所到之处的每一个大洲,都为她敞开了一扇鸟雀清鸣、花儿绽放的视窗,每一棵玉树都呈现千姿百态的妩媚和顽强,让她领略人生的深邃层次与华美花纹。

北美传承欧罗巴的种子而生长,优美不足,却扑朔着古老欧洲少有的蓬勃朝气。在多伦多大学,静姝出神地看着从事机器人研究的校长解说他的研究方向,描绘着未来机器人产业发展的技术路线图。一个和约翰年纪差不多的中国男教授时而勾肩搭背,用纯正俚语和多伦多大学的伙计们谈笑风生,时而亲切地咬着中国人的耳朵,用汉语告诉同胞们,他想念家乡。

听晃漾着大胖肚腩的多伦多大学校长说,这位年轻的中国教授已是加拿大工程院的院士、世界机器人研究领域的翘楚。

从多伦多辗转到波士顿,正是黄昏时分。一抹蕴蓄力量的夕阳将天空晕染成壮阔浓烈的橘红,湛蓝的天宇和这一抹热烈的橘红大胆交融,使人心生震撼。

从波士顿棉花糖一样洁白的云朵里向西飞翔,抵达创新神殿硅谷。漫山遍野的玉树和野花自由生长,静姝仿佛回到了久违的挪威,回到了田园牧歌般的故乡红土地。阳光从山峦起伏的湾谷映照大地,全球知名的科技创新企业如云雀般潜伏于湾谷,它们在世界的版图上播散着科学的麦粒,让科学花蕊绽放每个角落。

在马萨诸塞州的一个会议室,中外记者和企业家济济一堂。静姝和其他老总们作为科技园的代表,第一次站在了合作的舞台上,描述了中国日新月异的科技发展形势。结束后,几个记者围住了静姝。

一个记者问:"请问这位女士,我们美国人现在都有十分便捷的网络购物工具,请问你们中国有吗?"

静姝笑笑说:"有的!也许,你们的留学生回国后,一直会想念中国的淘宝和快递。在上海,只要你点击一下手机,中国的餐厅、商家便会迅速接收信息,把你想要的食物和衣服送到家里。"

另一个记者问:"我没有去过中国,不知道中国是否有美国的高楼大厦和现代化设施?"

静姝哈哈大笑,说:"当然!前几天刚下飞机来到多伦多,坐在车子里睡着了。一觉醒来,发现外面灯火阑珊,以为自己是在上海!"

大家也都哈哈大笑起来。这时,一位记者忽然想起了什么,拉着静姝说:"我记得,刚才您和几位专家是用中文发表演讲的,但现在回答问题,为什么您用英文了呢?"

静姝温柔地看看大家,眨着眼说:"按照国际惯例,在外交的舞台上,我们都会说自己国家的语言。然而,中国是一个个渐渐全球化,越来越开放的国家,我和我们园子里的年轻人,每个人都会中英文自由切换!"说完,她莞尔一笑,又加了句:"欢迎您来中国!"

曾培育过 Google 等知名企业的伊朗人 Ben 家坐落在寂静的硅谷山巅上。在那里,身着阿拉伯彩线编织裳的伊朗人往古朴的铜缸里塞进一堆堆木柴,镂刻着阿拉伯民族遥远记忆的炉灶中燃起了各式奇异香料。铜质器皿里,盛着中东的豆蔻、干酸橙和麦拉卜等。在交融森林芬芳和阿拉伯气息的露台上,中美科技园老总们围坐在一起,签署着科技合作备忘录。

端着水晶高脚杯,停留在伊朗烤肉馨香越来越浓郁的露台上。静姝入定地俯瞰着丛林下方的创新圣殿斯坦福大学,听风儿私语着拂过山巅,林间万物轻声吟诵自然界的天籁之音。

忽然,一缕久违的彻骨思念忽然在心里荡起了波澜。她的心有点被揪扯的牵挂,丝丝点点无法转移。她强烈地渴望打开网页,重新添加记忆中、万里外的约翰为好友,径直给他发去热烈得足以震撼灵魂的思念絮语。

然而,尊严仍如一个结了痂的褐色伤疤,生硬地生长在灵魂的最深处,情感难以软化,伤痕依旧,伤痛仍然。

　　在硅谷静默的山巅上,她用力呼吸着林间的甘甜气息,转移着越缠越紧的丝丝情愫。她习惯性地又打开了全球陌生人互赠礼物的网页,心不在焉地写下了一段话:

　　此时此刻,从没收到过陌生人礼物的我,是多么渴望能收到远方天使的祝福和问候!我好想要一束朱红的玫瑰,一个个长着长鼻子、搅粥本领可大的挪威吉祥物——山妖!

　　粗糙地写完后,中美科技园的签约仪式正好结束了。她来不及修改,便随手发送了。慌急慌忙地把手机藏回了手袋,她满脸微笑地随着众人一起道再见。

　　漫不经心地往人生的茫茫大海中投掷了一块小瓦片,没想到时空里鱼虾成群而至。

　　十几天后从旧金山回到上海时,一进屋,就意外地看到了一个礼物箱,上面醒目地系着挪威邮局的标签条。拆箱一看,十几个长鼻子、红发凌乱的山妖和一盒盒最爱吃的荷兰焦糖华夫饼让人惊喜地映入眼帘!随着山妖和华夫饼跃然而来的,还有缠绕着朱红缎带、撒满粉红玫瑰花瓣的小卡片:

没想到,神秘的网络还是把你还给了我,让我看到了你的音讯你的地址。

我爱你,我想你。

回来吧,我不能没有你!

你的约翰

27

一个深秋的清晨,终于飞回了别离好几个月的卑尔根。

温柔的小城永远飘着绵绵细雨,以她最温柔的方式轻拥着远道而来的孩子。

已是地球北端草木凋零的季节了,远方丛林开始了新一轮有层次的色泽晕染了。树林里的白杨松和覆盆子经历了春的孕育夏的激情,在秋季里愈加相濡以沫互相扶持。多脂松和花大戟、短叶松和香蕨木也温情地相依相伴,随着秋风鸣奏着树林之秋的和谐音律。

树林外,仍然是一望无际的北方大海。海水在厚重的季节里逐渐沉淀出醇厚的墨绿。海天一色处,无数洁白的风帆张启,载着乘风破浪的海洋梦幻驰向远方。

来到宿舍楼前,似曾相识的覆着绣花披肩的老人、携着孩子奔跑的黄皮肤的人们,都如昨日般美好,朝静姝绽放出熟悉的质朴的微笑。那棵熟悉的樱花树上,两只喜鹊不知去了哪里。树叶儿已经卷曲,不少叶儿松软地飘落于地。

消失了三个月的静姝突然出现了,而且还大摇大摆地住进了 Aire house 宿舍里了,这种突如其来的强大气场让路易莲很是意外。这三个月以来,她和她的西班牙狐朋狗友早已把这间宿舍当作群居狂欢的乐园。在这里,他们饿了便吃,累了就睡,兴奋了就永不知疲倦地酣歌辣舞。她以为,三个月的时间足够长,足以让她从心底里抹去那些阴影,抹去那个讨厌的东方女人。她也以为,经过三个月的时间流逝,那个假装楚楚动人的东方女人从此便滚回了地球的那一边,不再让人生恨地出现在她面前了。然而,一切都不是她想的那么完美。

静姝到来了,带着天使般不可凌辱和蔑视的神态。她提着银色的大箱子,大踏步进了门,任凭路易莲惊愕地瞪大双眼,喘着粗气。路易莲至少发呆了十分钟,她才想起了那些羞辱的往事。怨恨和耻辱也从心底里碎片重现,迅速织成故事浮掠在眼前。冬眠在她眼里已经上百天的蛇头忽然苏醒了,它们如春蛇出洞,再一次狠狠地探出头来,死死地瞪着静姝。

然而,眼前这个女人似乎一点都不慌张,她的目光如磁铁一般,不断地吸附着她的蛇头,如中国武侠小说里善于吸取真气的武林高手。那双吸铁石一样坚韧的眼,一动不动望着她,直到她慌乱地抓起桌上的玉米片和番茄酱包装去找垃圾桶,眼前这个东方女人才肯收回她的眼,若无其事地拖着行李箱,进了自己的卧室门。

　　路易莲沮丧极了。那张栩栩如生的晃荡着一只乳房的照片,成为她从此被制衡的杀手锏了。她很想夺回那张照片,却不知那张照片现在隐匿在哪一个网络黑洞里了。邪恶的仇恨的蛇头只好继续阴森地缩回泥地,假装冬眠。

　　为了逃避静姝越来越强大的艰于喘息的气场,她慌忙找了个西班牙女孩的宿舍去借宿,然后在宿舍中心网页上,发出了一则房屋出租信息。她准备把和静姝共用的这间屋子租四千克朗一个月,给留宿自己的女孩一千五。

28

总算安顿了下来了。

一放下行李,静姝就迫不及待地奔向卑尔根鱼市码头了。在那里,有她久违的、时常牵挂于心的中国好闺蜜、香港女孩海伦。

每周三、五没有课程的下午,海伦总是站在鱼市码头那个两三米宽的鱼摊前,她的胸前还系着那个挪威渔夫常用的橙色塑胶围兜。陈列着鲸鱼、银鳕鱼和帝王蟹的小摊旁,不时有外国游客好奇地观赏、询问。

海伦一边热情地回答着顾客们的提问,一边让人目不暇接地剔着银光闪闪的三文鱼鱼鳞。

抬眼看见静姝,她愣了好几秒,似乎这是上个世纪曾经熟识的故人。个子矮小的她仰望着静姝,望着望着,眼眶里盈满了泪花。她冲动地抱紧静姝,搂着她花枝乱颤地哭。

"怎么了?你还好吗?"静姝抱着她,两个黑发小脑袋紧贴在一起。

"我和凯特不能在一起,我们分开了!"海伦的泪花犹如千树万树梨花开。

"怎么了?"静姝轻轻拍打着她的后背。

"我们始终爱着彼此,但是我们结不了结婚,我很痛苦。"

"为什么?同性婚姻在挪威不是合法吗?"

"是合法,但正如你以前告诉我的,许多国家法律虽然承认同性婚姻,却没有一家教堂愿意为我们举行婚礼。同学们也从道理上接受,但生活中却仍旧躲避我们。"海伦伏在静姝怀里,酣畅地哭着。一切尽在静姝的料想中,然而真的如此,她还是有些惋惜。

"你知道吗,凯特的父母和兄弟知道她是同性恋,一直不让她回家,觉得是一件很耻辱的事情。她的后母和同父异母的弟弟们都逼着她换工作,和我断绝往来。"

"她的母亲呢?"静姝问。

"在她三岁时,就去世了。"

静姝不知说什么好了,她对海伦的际遇很是唏嘘。她也仿佛在听海伦说着梁祝化蝶的爱情故事,不禁怜悯起这段生来不易的爱情了。

　　"那凯特呢?"静姝问。

　　"她离开卑尔根去赫尔辛基工作了,为了忘却我们的爱情。"凯特说着,又是泪落连珠子。

　　"抽丝剥茧努力忘了吧,在世俗社会里,非正常的爱情都没有好结果。何况,你半年后就硕士毕业了,马上就要回香港回亚洲面对现实了。"静姝理性地劝慰着。

　　海伦嚎啕大哭,拼命地摇着头:"不要,我不想回去。在香港,我和我的兄弟姐妹挤在三十平方米的房间里,每晚呼吸打鼾彼此都听得到,那里没有我的立锥之地。"

　　静姝说:"你在香港的家目前条件再艰苦,那是你的家啊!"

　　海伦说:"我曾经在英国漂泊过,在芬兰漂泊过,现在又在挪威读硕士,地球对我来说已没有陌生之地,只是偶尔情感上的牵挂。"

　　静姝点点头:"我明白,长期漂泊在外,已经习惯了孤独和流浪,习惯了地球处处是故乡,但家是永远的指南针啊。"

　　静姝宠着她,安抚她,让她宣泄所有的压抑和苦楚。足足哭了四十分钟,她的抽泣声终于微弱如游丝了。她止住了哭诉,含着泪花不好意思地笑了。

忽然,她想起了约翰。她说:"对了,你回来找你的老情人约翰的吧?很奇怪,他已经失踪了好几个月了!"

静姝说:"你后来没见过他,他也没有来找过你?"

海伦说:"没有,这几个月,他好像静悄悄地失踪了。"

静姝无声地望着海面,凝视着远方的海鸥和白色大帆船。

"你知道他会在哪里吗?"海伦问。

静姝点点头,相爱的人是心有灵犀的。

和海伦道别后,她快马加鞭奔向了卑尔根火车站,买了前往金沙维克峡湾的火车票。

记得约翰曾说过,他的家乡在金沙维克峡湾那。那是善良顽皮的挪威山妖的家园,也是他的机器人工作室所在地。

29

火车悠缓前行。

圣洁的雪山、澄净的河流和迷人的牧场,都从玻璃窗外悠缓掠过。

黄昏时分,抵达了北纬六十度的梦幻家园、哈当厄尔峡湾深处的小镇—金沙维克。沉思山水间,雪山沉静,草木深情,远处的山峦倒影入海,夕阳波光在粼粼水面上唯美晕染。

不断向路人打听着,描述着约翰曾提过的家乡的特征。问了五六个人,终于赶在天黑之前,找到了他的工作室。

从峡湾间盘旋的青石台阶下去,一间米色原木小屋出现了。屋檐上,一层层松软的草皮掩映门扉,散发着世外桃源的宁静与诗意,濡染着主人的气质。凭着直觉静姝就知道,这就是她梦影魂牵的约翰的栖息地。

立在木屋门口,心狠狠地跳动着。深呼吸了许久,才安静了些许。

鼓起勇气一昂首,她走进了虚掩的房门。一个熟悉的瘦高背影面窗而立。那,就是她熟悉的散发着马鞭草圣洁清香的约翰。

约翰正对着窗户,为一个机器人模型披上外衣。他的胡子拉碴,杂草般的剪影摇晃在墙上。

清香弥漫的房间里,集成电路芯片和电路板散落一地。各种铁质支架、陀螺仪和立体照相机像是战壕里的重机枪,一挺挺凛然竖立着。

慢慢地走近约翰和他的机器人,静姝有点窒息。走到跟前时,她几乎惊叫了!原来,约翰正在为机器人披上一件她熟悉得不能再熟悉的衣饰,绣花旗袍和碎花丝巾!那是刚入学第一次欢迎会上,静姝烁耀着蒙娜丽莎神韵的东方衣着。

"约翰,约—翰—"静姝的声音不停颤抖。

胡子凌乱的剪影生硬地凝结了。

几秒钟后,剪影突然晃动了。他猛然转过身来,望见了橘色光晕里的东方女神。他的身子海啸一般,涌向了自己的缪斯。他用刚劲有力的翅膀,将他的女神整个儿簇拥起来。

静姝痴迷地闻着他的清香,两人如不可分离的峡湾和山峦,依偎出最优美贴切的弧度,抒发着玉树对沃土的深情。

"不要离开我了,好吗? 不要!!"

晨光中,约翰的泪水浸湿了被褥,柔软的睫毛如非洲菊般微微卷翘,粘附着浅褐绒毛的手臂紧紧箍着她的身子。

"不离开了,我答应你。"静姝吻着非洲菊上一颗颗晶莹剔透的小露珠。

"你知道吗? 你回到中国的这些日日夜夜,我每天都提心吊胆,担心你会消失,害怕你再也不会回来了!"约翰的肢体覆盖着静姝的每一寸肌肤,生怕她在阳光里会融化。

时光如甜蜜的棉花糖,悄然溶解在爱人间如水的缠绵中。太阳从东往西划出一个半圆,又从西向东返回一个半圆。

又一个露珠澄澈的早晨到来了,约翰终于把静姝从松软的被褥里抱起来。他给她披上自己的亚麻睡衣,拥着她朝巴洛克风情的后花园走去。

约翰的后花园是静姝见过的最美的园子。远处,海水私语着对沙滩的爱恋;近处,鸟语花香诠释着爱情的甜蜜和沉醉。虽然已近北欧草木凋零时节,院里却盛开粉色的小野菊,蓝莓、圣女果仍然饱满沉甸地吊坠在秋的枝头。

约翰温柔地拾起每一颗果子,充满温情与感恩。他让静姝陪着他,为满园的花草、果树灌溉着。

很是意外地,静姝在露台上竟然看到了几个日式的小瓷杯,瓷体细腻剔透,手感温润滑腻。在每一个小茶杯的空白处,用墨灵动地绘着松竹梅的写意构图。静姝明白,这一定是出自东方工匠之手和东方瓷器炉灶的作品。

"你去过日本?"静姝掬捧了一个小瓷杯,好奇地问约翰。忽然间,她好像想起了初见约翰时,他曾问及她是否是日本女孩的事情。

"一位旧友馈赠的。"约翰轻轻地说,眼神旷远地遥望着大海。

"美丽的日本女孩吗?"静姝问着,顽皮地盯着他绒毛微卷的眼。

"是的,一位日本女孩。"约翰轻吐了一口带着马鞭草清香的气息。

"日本女孩? 从没听你说起过啊?"静姝很是惊奇。

约翰没吭声,依然呆望着远方浪花起伏处。

"你们一定相爱过? 那为什么不结婚?"静姝心里有了一丝醋意,她促狭地说。恍惚间,她仿佛看见了一个肤如芙夷、樱花般娇言细语的日本女孩出入在这个宁静小屋里。

约翰站了起来,沉默了很久。然后他缓缓地走回静姝身边,用微冷的身躯拥着她。

"我爱过一个日本女孩,她当时在瑞典留学。"约翰终于说话了。

"哦。"静姝沉默了,心有些低沉。

"那,你们为什么不结婚?"静姝问。

约翰仍然沉默着。

静姝觉得自己有点不好意思了。她童真无邪地弹着约翰的脸颊,很是淘气地说:"我明白了,那一定是你不能融入日本的文化,他们要求你嫁到日本,还要改姓她们家的姓,对吧?"

约翰放开了静姝,怅惘地望着海浪呼啸而来的沙滩。他从露台上撷取了几颗圆润的小石子,扔向了浪花渐渐汹涌的远方。他帮静姝裹好了睡衣,拥着她回到堆满机器人耗材的客厅里。

"为什么造了模拟我的机器人?"静姝抚摸着机器人的支架。

"我怕失去深爱的你,所以想制作一个永远的你。"约翰吻着她的睫毛。

静姝望着他,他的眼里有亮晶晶的东西。她转头去看满屋的耗材,说:"你帮我介绍一下这些机器人部件好吗?"

约翰如释重负地点点头，说："好。"

于是，他指着眼前的机器人耗材一一介绍着："这是遥控器，这是硅胶材料，这是支架，这些是芯片……"

静姝天真地问："为什么机器人会走路会说话呀？"

约翰说："是啊，现在科技越来越发达，我想制作的这个机器人已经有了完整的肢体，支架上也覆盖了柔滑的皮肤材料。"

静姝说："那会走路吗？"

约翰说："会的，它有十二个自由度，髋关节、踝关节和膝关节都平滑完整行走自如。"

约翰还说："我还想借鉴西班牙和美国科学家的方法，让这架机器人具有声音和视觉识别能力，甚至拥抱和亲吻的能力。"

静姝笑了："那我完全可以不存在了？"

约翰拦腰抱住她："怎么可能呢？你是你，机器是机器。哪怕有一天通过程序设计，能表达兴奋、激动和沮丧的表情了，它还是受控于人类。机器人没有灵魂，没有波澜的情感，没有源自内心的热爱与自尊。"

静姝幸福地笑了。

约翰也笑了，他深吻着她。

30

天地万物有着奇妙的感应与灵性。

当静姝和约翰偎依着重返宿舍楼时,楼前樱花树上那只曾经迷失的喜鹊忽然又出现了。它如往昔一样,和另一只黑白相间的鹊儿一起,前前后后嬉戏追逐着,雀跃在叶片逐渐土黄的枝桠中。

见静姝和约翰相依着回来了,Aire house 宿舍楼里的小黑哥乐坏了,他拍着篮球冲过来,对约翰咧嘴一笑:"兄弟,什么时候我们来一场比赛?"

约翰笑着说:"随时,随时都可以!"

几个金发碧眼的美女过来,朝静姝眨着眼:"东方美人,我们想吃春卷和饺子了！"

静姝眨着眼迎着阳光："没问题，随时！"

静姝和约翰回来了！凯莉教授见到两人乐得喜笑颜开，赤脚几乎要从冰冷坚硬的水门汀上弹起来。

伙计们一个个活像夏季田野里的蚱蜢，在教室里热闹地各显神通。秋日里原本渐渐落寞的教室因为两人的到来，又重温夏日池塘的莺歌燕舞了。

一激动，克朗和迈克几个男生干脆拦腰截住了约翰和静姝，抬着他们的身体往空中抛扔。等静姝下来时，女生们又如久别重逢的姐妹，大家的身体紧贴着，传递着身躯和心灵的热度。

伙计们拥抱着静姝和约翰，不约而同地说："我可想死了你们，仿佛度过了一段无比漫长的时光。"

"我好想你，好想！我也想学中文了！"艾玛竟然捧着一本汉语书，一本正经地咬文嚼字说汉语。

静姝哈哈大笑："真棒！但是，你可以说得更好！"

艾玛说："怎样更好？你教我，好吗？"

静姝说："好啊，你把第一个"想"念成了第二声，把第二个"想"念成了第四声，把"中"字也念成了第四声。应该这样……"静姝示范着唇形，教艾玛发音。

艾玛一字一顿地读着。

静姝笑了,继续比划着唇形纠正她。

艾玛很是认真,对着镜子模仿着静姝的唇形。其他女生们见状,也新奇地跟着静姝,练着汉语发音。

练了一会,艾玛停了下来,说:"我越来越找到感觉了,过一段时间孔子学院举办汉语口语比赛,我和荷歌、玛丽三个人去表演!"

荷歌和玛丽做着鬼脸,说:"是的! 我们想去参加! 比试比试自己的汉语水平!"

静姝和约翰鼓掌欢呼。

静姝和约翰回来了,工作坊的话剧"玛丽的一家"终于可以彩排了。

凯莉说:"伙计们,你们来各自认领角色吧!"

约翰毛遂自荐说:"我来当爸爸!"

大家笑望着静姝:"你来当妈妈?"

静姝羞涩地笑了,欣然答应。

荷歌、克朗、迈克几个人也分别举手,认领了几个孩子和采访记者、提问者的角色。

凯莉忽然想起了什么:"对了,路易莲呢?"

大家摇摇头,说:"不知道啊。"

凯莉说:"路易莲也需要一个角色,要不这样,她当主持人?"

大家呵呵笑了。艾玛说:"路易莲口音有点重,是不是换个角色更好?"

荷歌戏谑地说:"没关系,许多著名主持人其实都有口音,口音或许就是特色。"

大家想想也有道理,就把机动灵活的主持人角色留给了她。

班级其他工作坊的作品也在烘焙预热中。经过好几轮彩排和会演,凯莉老师决定,伙计们可以浩浩荡荡开赴卑尔根各所中小学了!

为了让剧作更吸引鸟雀般灵动的孩子们,在商店里兼做收银员的艾玛趁着店铺打折季,买回了又便宜又入情境的演出服。荷歌拿起服装端详了良久,狠狠地在衣服上撕了几个口子,再用化妆粉染上黑灰的污渍,以栩栩如生表现家庭成员离家出走后的际遇。

为了让演出更能产生共鸣,男生女生们如痴如醉的研究脚本,商量配音、灯光、道具和舞美。台词多的姑娘们则对着镜子,一丝不苟设计着最具感染力的表情和最夸张的妆容。

姑娘、小伙们浑然变成了舞台上的那一个,变成了舞台上表演与观摩,演员与思考者、观众之间的随机切换者。

31

演出季拉开帷幕了。

以后二十多天的每一个清晨，静姝和约翰都会在小鸟的第一声清鸣中，从床上一跃而起。静姝麻利地为约翰和自己准备好一份黄瓜、番茄三明治，两人便卷起早餐，风驰电掣地奔向一个叫 Longon 的站点。

在那里，十几个同学们汇合了，而后沿着清新的山间小径，在鸟语花香里来到卑尔根一所所的中小学。

剧场教育工作坊所到之处，孩子们都睁着一枚枚渴望认知的小地球，好奇而灵性地迎接这群大哥哥、大姐姐。他们期盼着帷幕拉开时，一位位令人崇拜的主人公跃然舞台上。

老师们也以温暖、信任的目光接纳着这群业余演员兼教育者。戏剧帷幕一拉,全场鸦雀无声,一位位老师坐回了自己房间,把教室这个偌大的舞台交给了剧场教育的伙计们。跌宕起伏的故事、发人深省的画面,一点一滴在时光中渗透。

他是谁,他为什么会这样?

她不这样,可以吗?

是否有更好的解决问题的办法?

如果换成你,你会怎么做?

静妹和约翰们借着剧情,循循善诱着孩子们,激发出潜藏于他们灵魂深处的激情和缺陷。

他们循循善诱,向着未来而行进。然而,有时剧情又会戛然而止,在决定命运的时刻突然返回从前,让孩子们思考人生与未来,探究心里和行为,教他们最理性的思维方式、行为方式去解决生活中盘根错节的突然事件,将智慧和大爱的种子播撒在灵魂的麦田里。

静妹和同学们披挂着剧场教育者的演出服,他们时儿是老师,时儿是主持人,时而是提问的观众,时而又变成孩子中间的一员。

孩子们此刻是观众,下一刻或许便成为编剧和演员了。他们随时可能被叫上台来,以肢体和语言演绎他们所认为的最好的剧情和最完美的人生结尾。

奇怪的是,工作坊去中小学演出了二十几天,路易莲这位大神却一直没出现。原本给她预留的主持人的角色,后来也临时交给静姝和艾玛了。

听凯莉教授说,这些天她也没见到路易莲,只是前些天收到了她匆匆写给自己的一封邮件,说是过一段时间就要提前回国了,她远在西班牙的未婚夫催她赶紧结婚了。

菲利普、木床咯吱声、布达佩斯的烈酒、蛇头张扬的冒红光的眼,一个接一个的电影视听要素晃荡在静姝的眼耳边。它们越旋越快,如同一个个疾转的漩涡,制造着让人惊恐的未知黑洞。黑洞里,无数的蛇再次涎着粉红的蛇头,朝静姝张牙舞爪而来。

静姝有种莫名的预感,仿佛闻到了一股烈日下轮胎暴烤的焦味。她感觉会发生些什么,却不知等待自己的是什么。

卑尔根中小学的巡演结束了,静姝和约翰的戏剧教育课也终于圆满降下帷幕了。和其他同学一样,善于鼓励的凯莉给了静姝和约翰全 A 的成绩。

32

拿到成绩单的那一晚,约翰拥着静姝去看欧洲杯,以表庆祝。

市中心人气最旺的酒吧里,静姝和约翰像释去重负的顽童似的,混在不同国家球迷里呐喊。电视里直播的,正是意大利和西班牙的冠亚军决赛。支持意大利的球迷脸上都浓墨重彩抹上了红白绿三色彩条,双臂摇着意大利国旗大声呐喊。西班牙的球迷更是热歌辣舞,挥舞着印有红黄纹身的胳膊,高唱自己的国歌。

酒吧间气氛高亢无比,坐在酒吧中央的挪威人也分成两派,一边豪饮慕尼黑啤酒,一边扯着嗓子嘶吼。好多时候,静姝看到儒雅的约翰也像会打鸣的公鸡,红着脸为意大利加油,她都忍不住笑出声来。她完全是来看热闹的。他们呼喊的语言自己似懂非懂,解说员慷慨激昂的挪威语解说更是云里雾里。

这一晚,向来宁静的约翰很是兴奋,毫无顾忌地释放灵魂深处的野性。每当意大利队气势如虹的射门时,他都要抱着静姝,狠狠地亲吻。静姝沉醉地和他亲吻,傻笑着举杯欢饮着。最终,斗牛士西班牙球队战胜了意大利足球队。约翰喝得烂醉,静姝也烂醉而归。迷迷糊糊地,静姝扶着他来到了自己宿舍,两人酣然相拥而眠。

自从路易莲悄无声息后,房间里那股特有的狐臭味便渐渐减弱了。窗外清新的风从褐色树林间缕缕飘来,一切都那么怡然静好。然而这个甜美安静的晚上,又将注定是多么不平静。

当约翰和静姝在微醺的醉意中甜睡,沉醉得几乎连梦境都遗忘时,指针指向了凌晨三点。这时,梦乡中的静姝脑海里不断摇曳多姿多彩的厕所标志,酒店的、父母家的、宿舍里的厕所一个个飞舞在眼前。每回刚要走进盼望已久的厕所酣畅淋漓时,那个唾手可得的空间却忽然失踪了!

静姝醒来了,满脸涨得通红。她急匆匆地下床,想推开卧室门冲向洗手间。

她惊呆了！一股浓烈的焦灼味从客厅里传来，一缕缕浓烟滚滚呼啸。接着，明艳艳的火光一团团直扑卧室。

她连忙奔回房间，关紧了宿舍门，把熟睡中的约翰捏了醒来。

约翰很是莫名。三四秒钟后，嗅觉灵敏的他也闻出了卧室外的异味，看到了门缝里闪过来的一道道火光。

他当机立断，三下五除二撕开了静姝的花床单，拧成了一根绳。他把绳子一头利索地缠在窗台铁钩上，一头绑在静姝和自己的腰间。等每个细节万无一失后，他紧拥着呆若木鸡的静姝，双双跳下了露台，跳到了一楼那棵祥瑞美好的樱花树下。

两人落地的那瞬间，宿舍楼里响起了晴天炸雷般的警报声。一个红色铁盘报警器在樱花树上方鸣叫着，滚滚音浪猛烈传来，如凶猛摇滚乐中架子鼓剧烈的撞击声。

约翰迅速解开了自己身上的布绳，又以最快的速度解开了静姝腰上的蝴蝶结。他一只手抓着静姝，另一只手抓着她的鞋和包，快速朝樱花树前方冲去。

"集合了，集合了，发生什么了？"

一时间，来自欧洲、土耳其、非洲等地的白人、黑人、混血儿一齐涌向了樱树下，大家七嘴八舌猜测着。

约翰指着红色铁盘告诉她："这是报警器，如果宿舍发生突然情况，它就会报警，然后每个人会第一时间冲出宿舍，在楼门外列队集合。"

静姝惊魂未定地点点头。在她的前后，弥漫着粗重的喘气声和马蹄般的奔跑声。宿舍里的人们还在喘着粗气，朝樱花树狂奔而来。

两三分钟后，高大威猛的红色消防车也来了，几位全副武装的消防员提着灭火栓冲上了二楼。又过了几分钟，宿舍的浓烟袅袅熄灭了。不一会，警报也解除了，几个彪悍的卑尔根警察冲进了宿舍楼。

望着警察阿叔的身影，大家长吁了一口气，三三两两回到了自己宿舍里。不少人在电梯里，不忘在鬼头文字上方写下刚才的惊魂十分钟。随即，Facebook 也马上图文并茂，向全世界直播刚才的惊魂一刹那。

在约翰的护送中，静姝回到了宿舍。

宿舍里，站满了采指纹、捉足迹、抓蛛丝的警察们。静姝的脑海里仿佛已望见，一个披散着黑色卷发的脑袋，一张猩红的朱唇，还有那一双美杜莎的眼。

面对警察，她什么也没说。

在烟雾的余韵中,她收拾了些日常用品,准备离开了。离开前,她有点惋惜地望着卧室和客厅这个难忘的生活了几百个日日夜夜的空间。客厅墙壁已成焦土色了,卧室里也烟雾迷漫。她伫立了片刻,默默无语地和约翰出去了。

出来混,迟早要还的。几天后听说,在宿舍外长长的原木走道里,发现了一只细长的蓝色烟头。在草坪外的垃圾桶里,扔着一只小小的汽油瓶。

记得路易莲有着鲜红指甲的手指里夹着的,就是那种有着细长过滤嘴的烟。那是她从西班牙带来的烟,也是塞万提斯故乡的香烟。而那个办完事胡乱扔在垃圾桶里的汽油瓶,也一定是思维并不缜密的路易莲的作品。

警察拾起烟头和汽油瓶的那天,静姝和约翰又被带回了警局。隔着玻璃墙面对面,静姝望见了那双原本充满神韵,后来一直蛇头蠢蠢欲动的眼。它们咬着静姝而来,闪烁着晶亮的红光。

静姝终于决定,搬到约翰的房间里。离开自己的宿舍前,很是恋恋不舍。她深情抚摸着焦土之城里的一草一木,像往常一样遥望着窗外。窗外的苔藓从黄到绿,从绿又变成黄褐了。松鸡、松鼠已在寒风的呼啸中,躲回了厚实温暖的寰臼,待来年再欢蹦于枝头了。

小心擦拭着从景德镇买回的瓷壶和贝壳台灯,擦好后,她找来了一个丝绒布袋,想要仔细收藏。井井有条地放进箱子里了,她又拿了出来,小心翼翼摆在桌子上。

她决定把这两件唯美的物件留下来,留给这个房间未知的下一任。不知下一位室友会来自哪个国家,有着怎样的肌肤与颜色。她想象着室友拿到两件珍品时的欣喜,忍不住满心幸福。

她很想过五年后,再回到这间宿舍,看看熟悉的家具,闻闻木材的清香,笑望窗外褐色丛林里欢蹦乱跳的松鼠和银狐。她想知道,那时候这盏缤纷强韧的贝壳台灯是否还在?这个润泽细腻的景德镇瓷壶是否还在?

一场大火,房间里路易莲的气息杳无踪迹了。石灰墙上原本无处不在的狐臭,已被更加生猛的焦味掩盖了。宿舍保洁员阿姨拿来了拖把、毛刷,仔细清洁。装修工人也拖着涂料桶,用长刷子刷着墙壁。那些浓烈的木头焦味,不一会就被石灰粉的微呛替代了。

听装修工人说,Aire house 的宿舍门和衣橱虽然都用原生树木做成,然其他主体框架却固若金汤,全是环保防燃材料制成。无论怎样的烈焰,都无法伤及宿舍的本体。

33

时光如水,慢慢渗入日常生活的漏缝里。

结痂的那些或愤怒或惊恐的印记,渐渐褪去了深褐,平复了可感可触的疤痕增生。

天越来越冷了。

夏天里挂着深色窗帘的宿舍里,学子们干脆扯掉了厚重帘子,让早晨十点才有的珍稀阳光一丝不漏照耀在窗棂上。

季节的步履逐渐向冬天迈进,慢慢地阳光不见了踪影。日复一日连绵不断的冬雨夹着雪花,不厌其烦地轻叩玻璃窗。每天十点才天亮,下午三点又开始天黑了。卑尔根的学子们百无聊赖躲在装有暖气片的房间里,准备进入又一轮深沉的冬眠里。

在漫长无边的冬的潜伏中,最温暖最激荡人心的事,莫过于抱着自己心爱的男人、女人滚床单,从黑夜睡到似亮非亮的白天,又从稍纵即逝的白天睡到漫无边际的黑夜。醒来时,整个状态也昏天黑地的甜蜜。

然而这时,只要哪个房间传来了肉的芳香、火锅的奇香,身体里灵敏的神经也会被触动。男男女女们马上穿戴整齐,循着香味来到那间飘着肉香的宿舍前,分享着冬日里迷死人的中国美食和亚洲美食。一边吃着,有些同胞或许又想家了,忍不住缠绵地聊着红烧肉和水煮鱼,于是一窝人的口水都滴溜溜地在唇齿里流淌。

除了聚餐和睡觉,那便是抱着笔记本电脑沉浸在网络世界里。和在线的中国同学吹嘘几句,和学联的兄弟们聊着卑大的卑尔根仅有的芝麻趣事和桃色新闻。对单身男同学来说,最振奋人心的,就是从北上广名校里来了一批美女交换生。有了交换生,就有了枯燥冬季里的兴奋剂。学联的兄长们会以此为由头别有用心地搞活动,这自然是醉翁之意不在酒。

每个千篇一律的冬季里,极光的消息也很是激动人心。QQ 群、Facebook 用同样的兴奋,日复一日播报着极光的运行趋势：

极光预报！

昨日太阳黑子发生了最近两年来最大的一次爆发，预计从这周三后半夜到周四或更久，整个北欧均有机会看到极光。卑尔根天空晴朗的时间段为周三晚和后半夜，但具体时间不确定，有心仪极光的同学们可以飞向自己热爱的地方！

强烈极光预报。

由于今日太阳黑子发生了本太阳周期及十二年来最强的爆发，预计周四后半夜到周末有很大机会见到灿烂极光，建议有兴趣者前往高纬度地区观看。

原预计今晚后半夜的极光可能延后，可以明天早晨起来碰碰运气。

游子们望穿秋水，盼着极光的姗姗而来。

很多心急的人儿，在想象中仿佛已经望见极光仙子飘忽的身影。他们裹上了厚厚的羽绒，全副武装守候在卑尔根的山坡上。然而，预报一天天的变化，极光的行踪不断延后，他们在冰天雪地里白白等了四个晚上。

终于在另一个周末，极光预报有了新的进展，据说这回是真的,说是基于最新的模型计算结果,太阳黑子终将爆发。届时将可能掀起一场极光风暴,望见近年来最强烈最震撼的极光!

"去吗? 去看北挪威的天空? 那是无垠宇宙才有的神秘与色彩! 你知道吗,一般的极光是绿色的,然而正午时分的极光是湛蓝的!"

约翰搂着静姝,激动地耳语。

"除了极光,还有什么吗?"静姝心动了,娇稚地问。

"除了极光和一碧如洗的天空,还有冰天雪地里的银色森林! 我们可以在冰雕般的树林里大声呐喊,尽情拥抱,像我的父亲、母亲年轻时那样!"约翰说着,抱紧了静姝。

"那还有什么呢?"静姝穷追不舍。

"还有,"约翰停顿了片刻,说:"还有皑皑白雪,还有像大熊猫一样憨态可掬的北极熊!"他用汉语说了整个句子,又做了个大熊猫般的狗熊抱。

"好,我们一起去看极光,看北极熊和挪威的森林!"

静姝和他笑成一团,答应了他的恳求。

订了去特罗姆瑟的车票,准备出发了。

和许多年轻人一样,出发时他们扛着专业的照相机,浑身上下裹得粽子般严实。迎着寒风,呵着嘴里的热气,他们兴奋前行着。累了便歇一会,冻了就呵着热气,为彼此冻得发红的手掌揉搓取暖。

无限接近天地间那片湛蓝旷远的天空,静姝有点激动了。她在澄碧的天宇下不断跳跃着,约翰用镜头定格了人生的一个个美丽瞬间。

传说中海市蜃楼般的极光出现了!

此时此刻,天与地在无垠的时空里交融着,遥远清冽的宇宙铺设了巨大的舞台,上演着空间和历史长河中难忘的一幕。

织锦般华美柔滑的缎带在遥远未知的前方舞动,幕状的光影如跃动的焰火在天际盛开。天空中时而五彩丝带连绵起伏,时而巨大彩幕斑斓壮阔,时而满天霞光辉映苍穹,天与地成为恢宏绮丽的世界。来不及惊鸿一瞥,此起彼伏的光束分秒间便消失在浩瀚宇宙中了。

无数渺小的脑袋虔诚地仰望星空,静默着心中圣洁的愿望。

“是什么令明亮的射线在黑夜中颤动,又是什么在天空中触发了顽长的火焰?”

静姝想起了罗蒙诺索夫《极光》中的句子,拥紧了约翰温暖的怀抱。

“天地之间,你有什么梦想?”静姝仰望着约翰极光里的眼眸。

"爱你永远!"约翰坚定地说。

"你呢?"散发着马鞭草清香的男人问。

"和你永远在一起!"静姝深情回眸。

34

据说,极光和彩虹都是吉祥之气,会赐予仰望者永恒的祥瑞。

珍藏着这份祥瑞,静姝和约翰回到了卑尔根那个小窝。

小城依然连绵不断下着细雨。面颊上、发梢里,滴滴雨珠清凉润泽。静静小雨中,她收到了父亲的信息:

快回来吧,科技园里许多变化啊!

静姝问:"什么好消息啊?"

父亲说:"还记得上回你的建议吗?已经有进展了!以后只要办理居留科技园认定的高层次人才,无论他六十还是七十岁,都可合作研究。留学中国的海外大学生,只要在科技园

找到工作,都可申请居留!"

静姝说:"太好了!还有吗?"

父亲说:"还有一连串的好消息。比如低风险研发材料入境,可以分类处理,有的材料还可以免检⋯⋯"

"好消息接踵而至啊!"静姝捧着电话鼓掌了。

见静姝得意忘形的模样,约翰眼眸也闪着莹亮波光。他侧着头偷听,想知道喜从何来。等打完电话后,他一把将她拦腰抱住,连声问:"为什么这么开心? 为什么?"

静姝幸福地闭着眼,吻着他的额头说,我们的科技园正像一片播散着金色麦粒的土壤,总有一天,这里会百花齐放,百鸟争鸣,培育出世界上最瑰丽的科学的迷人花枝!

约翰很是兴奋,不停地问着细节。

静姝把刚才父亲的话,一一转述给了约翰。约翰听着,忍不住竖起大拇指连声赞叹。

这时,静姝忽然很认真地注视着他:"我有个理想,也是个请求,可以吗?"

约翰说:"可以,你告诉我。"

静姝说:"我想把你带到中国去,永远在一起,好吗?"

约翰没回应,很凝重地在思考。

静姝仰望着他,再一次认真地问:"可以吗? 我们先去中国,将来再去硅谷,去欧洲! 好吗?"

约翰说:"我想和你在一起。但是,关于去中国,我想先去旅行,好吗?"

静姝连连点着头。

35

雨水是卑尔根的灵魂,也是初见和暂别时卑尔根最深情的馈赠。

静姝知道,这一走,不知何年才会再归来。

依依告别这些时光,雾霭无语,群山默然,绵长的雨丝悠缓无穷尽地飘泛着,静姝与卑尔根的山川树木似乎永远有着不解的灵犀。

透过窗户远望去,初冬的褐色丛林因为雨雾和冰花的浸润,已缀上了剔透的银边,更散发出欲说还休的迷人清韵了。

机票订好了,预设的日程一天天近了。

即将启程去从未到过的遥远东方,约翰似乎很是紧张。

他明白,此行虽说只去旅行,然而意义远远不止旅行。或许,那片土地从此就与万里外毫无瓜葛的自己形影相随了。

初冬的天亮得很是晚。虽然已九、十点钟了,楼道里却还鸦雀无声。这些天从起床开始,约翰就手不离书,从早到晚捧着教材咬文嚼字。遇到发音不准的时候,他有点焦躁,反复而凌乱地诵读着。

静姝明白他此时的心情。她温柔地陪着他,轻轻捶打着他的肩膀,为他舒缓。遇到发音吃力的时候,静姝就轻启朱唇,让约翰模仿自己的唇形发音,一遍遍教他念"干杯"、"丈夫"、"妻子"、"妈妈"等日常用语。他的友人也真是会添乱,这些天还不时发来信息,提醒他去东方要注意安全、不要乱吃东西等等。

近乡情怯。远方的未知明显放大了他的担忧。他焦虑了,很是心神不宁地抱着静姝,反反复复地问,中国人真的吃狗肉吗?中国人真的吃鸡爪子和鸭脖子吗?中国人真的不洗澡,脸上、身上都有灰垢吗?

静姝笑而不语。她知道此时的解释,不如几天后的亲身经历。她理解他的焦虑和担心,国外人们传说中的中国贫穷落后的一面如镜头般定格在他们脑海中,她无需刻意解释和描绘。她只是母亲一般宽厚地拥着他,如淘气小女孩一般和他开玩笑,转移他的注意力。

忽然,她想起了峡湾露台上那套日本餐具,她以为,自己找到了一个绝好的办法,转移约翰惊慌失措的情绪。

"你不是喜欢日本女孩吗？说不定,你还可以从中国到日本,去见你最亲爱的日本女孩啊。"她轻捏着他的面颊,脸上浮现鬼祟的笑容。

"别提她了,好吗?"约翰的脸灰暗了下来。

"为什么?"静姝很不解。

约翰沉默了。很久之后,他终于告诉她,那个女孩叫多由米,早已化作天使在天堂了。

说完,他舒展着双臂,仿佛如释重负,静静躺在静姝的臂弯里。

"为什么？她不是在日本吗?"静姝忽地爬了起来。

"不在日本,在天堂,明白吗?"约翰再一次认真地告诉她。

静姝有点后悔略带醋意的玩笑了。她很是歉疚地自言自语:"我没想到,我以为……"

"她已飞翔在天堂了。"约翰望着静姝的黑眼睛。

"发生什么了?"静姝还是忍不住问了。

"她去滑雪,遇到雪崩了。"约翰望着窗外的玉树说。

"她为什么会一个人去滑雪？你们不是相爱吗?"静妹继续问。

"是的,我们相爱了,但是……"他有点颓然,眼眸伤感地望着远方的森林。

"但是什么?"

"我们彼此爱着,爱到难分难舍谈婚论嫁了,然而……"约翰说。

"然而多由米的家里不同意?"

"他们同意,但有一个可笑的要求。"

"什么要求?"

"多由米的父亲发来邮件,要我去日本,改姓他们家的姓。"

"怎么会这样？这不是很奇怪吗?"

"是啊,我以为这是你们东方的习俗。多由米的父亲骄傲地宣称,作为幕府时代推动明治维新的将军后代,他必须传承家族的高贵血脉。"

"那后来呢?"

"后来,我们吵架了。"

"然后,她就一个人去瑞士滑雪,遇上雪崩了……"

"是的。"约翰的眼泪缓缓涌出来。

36

从西向东穿越白昼的云朵、划过夜间赤红天际线的日子终于到来了。经过十几小时的长途飞行,静姝回家了,带回了地球北端散发着马鞭草和海洋清香的男人。

飞机停靠在宽阔的浦东国际机场跑道上。

当舱门打开人们鱼贯而出时,约翰的紧张情绪登峰造极了。望着陌生的停机坪和满眼黄皮肤、黑头发的人们,他不停地深呼吸,让自己缓和。他的脊背有些僵硬,眼里满是警觉和不安。

静姝笑了,陪他安静地坐着。在逐渐空荡得只剩下空姐的机舱里,她温暖地拥着他。终于,在中国空姐的巧笑倩兮中,约翰一步三回头地下了舷梯。

过边检、过海关，约翰都显得那么紧张，让海关和边检的人员都觉得奇怪。他们严肃地盯了他好一会，盘查了一番，才肯放行。

约翰的紧张让静姝沉思了。她知道，此时自己一定不能带他去挤地铁，过早地让他体验上海日常生活，让他在川流不息的人群中感受与宁静北欧完全不一样的上海。

她也不敢过早地带他见家人，满屋子说着陌生中国话开着俏皮玩笑的人们、觥筹交错里叫不出名字的川湘沪系菜肴，一定会让他呆如木鸡。

她打开了随身小包袋，飞快更换了上海的手机通讯卡。卡一进槽，国内无处不在的 WIFI 立刻连接了起来。她预订了出租车和酒店，不一会，车就停在指定区域了。

"上车吧，亲爱的王子！"望着呆愣的约翰，静姝忍住笑意，做了个绅士般的邀请动作。

出租车疾驰在游龙般的高架上，不一会便抵达了法国香榭丽大街一样大气优雅的目的地了。

酒店房门怦然紧闭那一霎，卑尔根那个栩栩如生的约翰回来了！他旋风般扑向静姝，热烈地亲吻，如孩子贪恋母亲一般缠着她。72 小时里，他不肯拉开一寸窗帘，也不愿静姝起身半步，只是缠着她沉醉在联翩无限的缱绻中。

37

第四天的清晨姗姗而来。

阳光洒满窗棂，似乎有清幽的花香扑入鼻翼。

隔着玻璃窗，隐约还能听见窗外传来的鸟鸣声，仿佛回到了熟悉的卑尔根。静姝忍不住下了床，轻轻走到窗户前，试探着开了半扇窗。

没想到，约翰竟然没有抗议，很是安然地望着她微笑。于是，静姝若无其事地把整扇窗打开了。

站在微风轻拂的窗台前，她很是享受地伸伸手、弯弯腰，做着几个拉伸舒展的瑜伽动作。锻炼完成后，她心旷神怡地走出房间，走到阳台上，凝神静气地望风景。一边看着，一边顽童似地拍着手惊叫:"约翰!快来看!好多人在跑马拉松!"

约翰真的放松警惕了,他半推半就上当了。

蹑手蹑脚走到白色窗纱前,他扯起窗帘的一角,蒙住脸。像蒙面大盗似地,他悄悄窥探着外面全然陌生的世界。

眼前的画卷明净优美。已是初冬时节,湖畔林荫小径上孩子们还身着彩色运动衫,在晨曦里欢快嬉戏着。不少年轻人更是佩戴着马拉松装备,自由奔跑在缀满鲜花的草地上。一切看起来都那么真实怡然,充满活力和朝气。

没有疾病的气息,没有贫穷、肮脏的迹象,约翰慢慢松开了捂在面颊上的窗纱,脸上浮现了多日不见的轻松和愉悦。

"怎么样,失望了?没有出现你想象中的蒙面大盗,对吗?"静姝幽默地仰着头问。

"没有,真的惊奇。"约翰不好意思地摇摇头。他仍把目光投向窗外,很是好奇地望着正在晨跑的年轻人。

"那准备好了吗?"静姝问。

约翰继续沉默。

静姝又问:"开始我们的神秘东方之旅?"

约翰笑了。

静姝也咧嘴笑了,她趁机拉着他的胳膊:"世界那么大,不看怎知道？开始我们的神秘旅程吧！"

约翰终于也灿烂地笑了。他勾着静姝的手指，让静姝半撒娇半霸道地拉着他出门了。

第一站，陆家嘴。

第二站，外滩。

静姝心里有主见。她明白，要征服一位带有偏见的外星球客人，非得用惊鸿一瞥的第一眼，才能彻底颠覆他根深蒂固的认识。

搭乘了招手便来的出租车，一路飞驰在上海经纬纵横的马路上。二十分钟后，两人抵达了高楼林立的陆家嘴。

约翰圆睁惊诧之眼，站上了经纬交织、贯穿南北的水晶天桥。他的眼眸随着视角的转换熠熠生辉了，波光映照着鳞次栉比的高楼大厦和桥下川流不息的车水马龙。眼前的一切，似乎像童话一般很不真实。

"这是上海？"呆呆地站立了良久，约翰问出了让人忍俊不禁的问题。

"这不是上海，那这是哪？"静姝朝约翰做了个鬼脸，笑得前俯后仰。

一个匆匆经过的美国帅哥听见了他们的对话，也咧嘴开怀大笑。他告诉约翰说，这就是上海，他在中国居留快五年了！

望着眼前这位蓝眼睛、高鼻梁的盎格鲁－撒克逊人的后代，约翰还是不敢相信此时的他正在上海街头。传说中的信息和眼前的真实相差太远了，他怎么也想不通，最后只是捂着肚子淋漓大笑起来。

笑完后，他猛地转向静姝，忽地抱起她旋转。直到转不动笑不动了，才肯放她下来。

接着，他也像所有初来乍到上海的歪果仁一样，从各个角度欣赏着上海，拍摄着湛蓝天宇下千姿百态的陆家嘴。

一边拍，一边把一肚子的问题都抛给了静姝："不是说中国街头到处都是流浪汉吗？不是说中国人身上都有怪怪的气味吗？"他问得自己都喘不过气来了。

静姝也乐得上气不接下气，她告诉约翰说："那是因为人们不了解遥远的上海！不了解这个时代的上海！只要来一次说走就走的旅行，就会发现属于自己的真情实感。"

约翰不好意思点点头，然而他似乎还是有满腹的问题要静姝解疑释惑。

"我有点不明白，为什么欧洲居住的中国人和这里的中国人区别很大啊？"约翰欲言又止。

静姝明白他所指，又是一阵大笑。她说："在欧洲见到的中国人大都是上个世纪七、八十年代移民的,他们的音容笑貌和衣着,反映的是那个年代的历史感,而不是现在的中国的历史感。"

约翰恍然大悟地傻笑了。接着,他闭着眼,享受着上海初冬的漫天阳光,像沉醉在卑尔根弥足珍贵的阳光里。即使这样,还觉得不过瘾,他干脆扯掉了自己的外套,穿着短袖一路狂奔着。

静姝不去阻止他,任凭他在上海的澄澈苍穹下撒欢。

迎着微寒的江风,她也甩掉了外套,奔跑在橙黄的一望无边的阳光里。两人沿着红色塑胶跑道,到了静姝熟悉的黄浦江边。在那里,约翰和静姝隔江望着历经百年沧桑的外国建筑群,约翰又是一阵惊奇。

静姝拉着他的衣袖,不厌其烦介绍着上海的历史,描绘着当年上海滩洋行林立、不同文化交融的繁茂景象。

耳语时,江边不知什么时候来了那位熟悉的披散着长发的流浪艺人。记得上回和吴言办完离婚手续,迎着风在滨江大道奔跑时,也偶遇了他。

静姝停下了脚步,虔诚地望着他。

只见身着格子呢外套的他,潇洒地从箱子里取出澄亮的萨克斯。站在阳光下微冷的风里,他端起铜色的萨克斯放到嘴边,吹响了静姝和约翰最爱听的歌——《斯卡布罗集市》：

Are you going to Scarborough Fair

Parsley, sage, rosemary and thyme

Remember me to one who lives there

She once was a true love of mine

这是卑尔根的清晨里,约翰时常哼给静姝听的歌。

约翰和静姝静静偎依着,吻在东外滩蜜汁般的阳光里。

定稿于 2017 年 10 月 18 日

上海浦东

图书在版编目（CIP）数据

卑尔根的阳光/唐墨著. —上海：上海三联书店,2018
ISBN 978 - 7 - 5426 - 6207 - 1
Ⅰ. ①卑…　Ⅱ. ①唐…　Ⅲ. ①纪实文学 - 中国 - 当代　Ⅳ. ①I25
中国版本图书馆 CIP 数据核字（2018）第 013495 号

卑尔根的阳光

著　　者　唐　墨

责任编辑　钱震华
装帧设计　魏　来

出版发行　上海三联书店
　　　　　　（201199）中国上海市都市路 4855 号
印　　刷　上海昌鑫龙印务有限公司

版　　次　2018 年 4 月第 1 版
印　　次　2018 年 4 月第 1 次印刷
开　　本　640×960　1/16
字　　数　125 千字
印　　张　14.5
书　　号　ISBN 978 - 7 - 5426 - 6207 - 1/I・1370
定　　价　68.00 元